«Wir spielen Arbeitsamt!»

«Ja, Arbeitsamt», jubelten die Kinder und klatschten ebenfalls begeistert in die Hände. Sie kannten ja die Spielregeln noch nicht.

«Wie geht'n das?», fragte Emma.

«Also», begann ich zu erklären, «Arbeitsamt ist ein stark an die Realität angelehntes Gesellschaftsspiel für drei Personen.»

Ich zählte durch. «Ja, wir haben Glück», rief ich überrascht, «keiner zu viel und keiner zu wenig.»

Die Kinder fielen sich in die Arme, ganz närrisch vor Freude.

«So», erläuterte ich weiter, «ich bin euer Sachbearbeiter. Ihr müsst im Kinderzimmer warten, bis ich euch aufrufe. Das kann sehr lange dauern. Man muss auch sehr leise sein beim Arbeitsamt.»

Die Kinder nickten, sie hatten verstanden.

Ich ging in die Küche und machte mich an den Essensplan. Nudeln mit Soße, Kartoffeln mit Soße, Reis mit Soße. So weit war ich gekommen, als plötzlich Emma in der Küche erschien. Sie legte die Spielregeln offenbar sehr großzügig aus.

«Raus!», brüllte ich. «Warten Sie, bis Sie aufgerufen werden!»

Emma blickte mich erschrocken an und brach in Tränen aus. Vielleicht hatte ich mich zu sehr in meine Rolle hineingesteigert. Aber mein Gott, es war doch trotzdem nur ein Spiel. Hatte ich so sensible Kinder? Ich hätte ihr auch einen unterbezahlten Hilfsjob anbieten können, das wäre wirklich ein Grund zum Heulen gewesen ...

Robert Naumann wurde 1973 in Jena geboren. Seit 1987 lebt er in Berlin. Dort gehört er zu den festen Mitgliedern der bekannten Lesebühne «Chaussee der Enthusiasten». Nach dem Studium der Sonderschulpädagogik und drei Wochen einer Druckerlehre kletterte er die Karriereleiter steil nach oben: Tiefbau, Hochbau, Trockenbau, Schriftsetzer, Schriftsteller. Angestrebte höchste Stufe: Rentner.

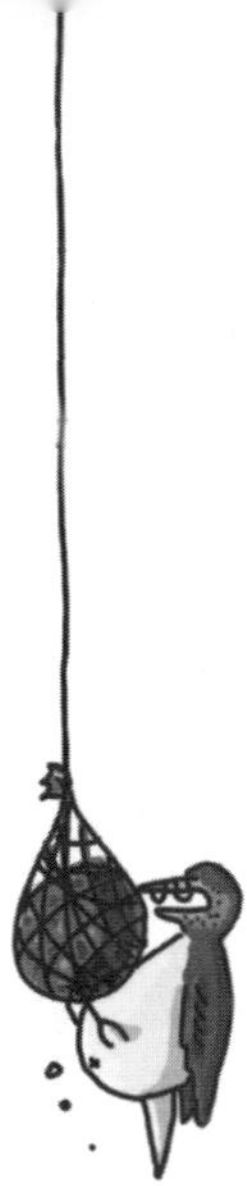

Robert Naumann

Ich hartz dann mal ab

Bekenntnisse eines kleinen Schmarotzers

Mit Illustrationen von Piero Masztalerz

Rowohlt Taschenbuch Verlag

Originalausgabe
Veröffentlicht im Rowohlt Taschenbuch Verlag,
Reinbek bei Hamburg, Dezember 2011

Umschlaggestaltung ZERO Werbeagentur, München
(Illustrationen: Piero Masztalerz)
Illustrationen im Innenteil Piero Masztalerz
Lektorat Regina Carstensen
Satz Quadraat PostScript, PageOne,
bei Dörlemann Satz, Lemförde
Druck und Bindung CPI – Clausen & Bosse, Leck
Printed in Germany
ISBN 978 3 499 62791 0

PROLOG

Der kleine Schmarotzer

Die kleine Meise hackte wie wild auf dem Meisenknödel herum. Ich saß am Küchenfenster und beobachtete das gefiederte Geschöpf.

Warum fliegt sie nicht in den Süden?, fragte ich mich und fand gleich darauf die Antwort: Warum sollte sie? Millionen Meisenknödel, aufgehängt von tierliebenden Mitbürgern, machten ihr die Entscheidung leicht. Warum sollte sie die soziale Hängematte verlassen, wenn sie es sich darin bequem machen konnte?

Ich fühlte eine tiefe Verbundenheit mit diesem zarten, zerbrechlichen, aber anscheinend nicht dummen Vogel. Lieber fror er zu Hause ein bisschen und nahm mit dem eintönigen Speisenangebot vorlieb, das man ihm vorsetzte, als sich auf eine unsinnig lange Reise voller Strapazen zu begeben.

Es war diese Neigung, sich mit wenig zufriedenzugeben, aber auch nur das minimal Notwendige dafür zu tun, welche uns zu Brüdern im Geiste machte. Wenn wir auch unterschiedliche Motive hatten. Die Meise handelte aus politischen Gründen, bei mir war es schlicht Faulheit. Oder war es umgekehrt? Gut, ich war faul, aber vielleicht war ja meine Faulheit politisch motiviert?

Ich war zu dem Schluss gekommen, dass das wirtschaftliche Überleben Deutschlands nicht von meiner Arbeitskraft abhing. Ebenso wie die Meise den Flug in den Süden verweigerte, so sträubte ich mich dagegen, einer sinnlosen Tätigkeit nachzugehen.

«Hey du, kleine Meise», flüsterte ich, «wir sind vom selben Fleisch und Blut.»

Sie verdrehte die dunklen Augen, zeigte mir ihren dicken gelben Bauch und flog davon. Ein wenig arrogant fast, könnte man sagen. Ich war enttäuscht.

«Du hältst dich wohl für was Besseres?», rief ich ihr nach. Na ja, sie hatte gut lachen. So ein leckerer Meisenknödel mit urgesunden Cerealien lud den ganzen Winter zum Reinbeißen ein.

Im Gegensatz zu mir musste die kleine Meise nicht einmal Antragsformulare ausfüllen oder stundenlang auf Ämtern herumsitzen. Ich bot ihr mit meinem herausgehängten Futternetz anstrengungslosen Wohlstand, da war etwas Dankbarkeit als kleine Gegenleistung doch das Mindeste, was man verlangen konnte.

Die kleine Meise kehrte zurück, mit etwa einem Dutzend weiterer Meisen im Schlepptau. Die ganze Verwandtschaft wahrscheinlich. Ein Haufen asozialer Faulpelze, der sich wie selbstverständlich über die Futterkugel hermachte.

Ich weiß nicht genau, wie viele Meisen es in Deutschland gibt, aber ich kann mir vorstellen, dass es eine hübsche Stange Geld kostet, die alle mit durchzufüttern. Wer war eigentlich auf die Idee mit den Meisenknödeln gekommen? Bestimmt so ein linker, grüner Spinner. Wahrscheinlich ist die Meise sogar tatsächlich ein ehemaliger Zugvogel, durch falsch verstandene Tierliebe zum Schmarotzer mutiert.

Diese plötzlichen Überlegungen ließen mich den kleinen Vogel in einem völlig anderen Licht betrachten. Das war nicht mehr der bemitleidenswerte gefiederte Freund, der meine Hilfe brauchte, um den Winter zu überstehen.

«Kleine Meise», sagte ich, «man muss auch was dafür tun», öffnete das Fenster und nahm den Meisenknödel rein.

Der Beginn einer wunderbaren Feindschaft

Ich bin bereit für den Gang nach Canossa. Zwar habe ich vor Aufregung Fieber bekommen, und Angstschweiß bricht sich durch die plötzlich rasant gewachsene Schuppenflechtenkruste auf meinem Kopf Bahn, aber ich bin bereit für meine neue Sachbearbeiterin beim JobCenter.

Gestiefelt und gespornt stehe ich im Flur, während meine Frau mir noch rasch die Schuppen von den Schultern wischt, den Kragen richtet und meinen Atem überprüft. Obwohl ich bereits drei Pfefferminzbonbons zum Frühstück hatte, gibt sie mir drei weitere mit auf den Weg, die ich bis zur Ankunft beim JobCenter unter allen Umständen aufzulutschen habe. Den Blumenstrauß und die Packung Mon Chéri habe ich bereits in meinem Beutel untergebracht, wir haben an alles gedacht.

«Gott sei mit dir», sagt meine Frau plötzlich ganz leise und ernst, und ich nicke stumm. Eine letzte Umarmung, dann mache ich mich auf den Weg.

Es ist derselbe wie immer, daran hat sich nichts geändert. Aber das Ziel heißt nicht mehr Arbeitsamt, sondern JobCenter. Und das ist beunruhigend. Einmal im halben Jahr beim Arbeitsamt aufzukreuzen war eine feste Konstante in meinem Leben geworden. Eine Routineangelegenheit, von der man nichts zu befürchten hatte. Man ging hin, zog eine Nummer, wartete eine Weile, bis die Nummer aufgerufen wurde, und erklärte dann im Zimmer des Sachbearbeiters oder der Sachbearbeiterin, in Sachen Arbeit leider noch nicht fündig geworden zu sein. Worauf man sich verabschiedete und den Tipp bekam, auch das Internet bei der Stellensuche zu nutzen.

Auf diesen Ablauf war Verlass, und das schätzte ich daran. Aber nun diese Änderungen.

Vor einigen Wochen war nämlich Hartz IV in Kraft getreten. Wir waren jetzt eine Bedarfsgemeinschaft, meine Frau, die Kinder und ich. Bisher hatte es sich zumindest finanziell noch gelohnt, wenn einer von uns arbeiten ging, da die Arbeitslosenhilfe für den anderen unverändert weitergezahlt wurde. Jetzt würde ich im hoffentlich nicht eintretenden Fall einer Arbeitsaufnahme mein sauer verdientes Geld mit meiner Frau teilen müssen. Jeder Cent in meiner Lohntüte, der über der Grundsicherung liegt, würde meiner Frau abgezogen werden.

Finanziell gesehen schien es also vollkommener Unsinn zu sein, beruflich tätig zu werden. Außerdem war man nun verpflichtet, jede angebotene Arbeit anzunehmen, da im Falle einer Weigerung die Bezüge gekürzt wurden. Die bedeutsamste Neuerung war allerdings, dass nicht nur die Arbeitsämter jetzt JobCenter hießen, sondern die Bundesanstalt für Arbeit war nun die Bundesagentur für Arbeit.

«Ich bin bei einer Agentur beschäftigt», konnte man jetzt stolz beim Smalltalk auf Partys auf die Frage antworten, was man denn beruflich so mache.

Dieser Peter Hartz hatte es geschafft, aus verbitterten Langzeitarbeitslosen, die beim Arbeitsamt stempeln gingen, selbstbewusste Kunden der Agentur für Arbeit zu machen. Allein für diese Leistung gebührt ihm das Bundesverdienstkreuz. Man wurde auch nicht mehr von einem Sachbearbeiter betreut, sondern vom PAP, dem Persönlichen Ansprechpartner. Und wer das Glück hatte, als besonders schwer vermittelbar zu gelten, der bekam sogar einen Fallmanager zur Seite gestellt.

Aber genau diese Veränderungen, weg vom reinen Verwaltungsapparat hin zur modernen Dienstleistungsagentur, waren es, die mir Angst machten. Was, wenn mein neuer persönlicher

ICH BIN FRAU STEPUTAT, IHRE PAP! SETZEN SIE SICH DA HIN, WIR WERDEN FÜR SIE JETZT IN EINEM VERTRAUENSVOLLEN VERHÄLTNIS DEN ERSTEN ARBEITSMARKT ERSCHLIESSEN! NOCH FRAGEN?
ICH... ICH HAB IHNEN DA NOCH WAS MITGEBRACHT..
MONSCHERI

Ansprechpartner seine Aufgabe wirklich ernst nahm und versuchte, mich in Arbeit zu vermitteln? Allein der Gedanke daran bringt mich zum Weinen, und obwohl ich in der S-Bahn sitze, nun auf dem Weg zum JobCenter, schäme ich mich meiner Tränen nicht. Erst der Blick auf meinen Beutel beruhigt mich ein wenig. Blumen und Mon Chéri. Vielleicht kann ich damit meine neue PAP für die Idee gewinnen, mich einfach in Ruhe zu lassen.

Frau Steputat heißt sie, und in ihrem Brief hatte gestanden, sie wolle mit mir über meine berufliche Situation sprechen. Ich bin mir nicht ganz im Klaren darüber, was es da zu besprechen gibt. Ich bin arbeitslos, das ist meine berufliche Situation. Und das musste sie doch wissen, sonst hätte sie mich nicht eingeladen.

Am S-Bahnhof Storkower Straße steige ich aus und reihe mich ein in den Strom der Arbeitslosen, die zum JobCenter unterwegs sind. Kurz davor fallen mir die Pfefferminzbonbons ein, und ich stecke alle drei auf einmal in den Mund. Allein mein Pfefferminzatem muss Frau Steputat den Verstand rauben und sie sanft und milde werden lassen.

Das ganze Haus war im Zuge der Hartz-IV-Reformen umgestaltet worden, und zwar mit dem Zweck, einem erfolgreichen Antrag auf Hartz IV so viele Hürden wie möglich in den Weg zu stellen. Als langjähriger Kunde hatte ich die Formulare für den Antrag per Post erhalten und ausgefüllt zurückschicken können, aber diejenigen, die sich zum ersten Mal hilfesuchend an das JobCenter wandten, waren völlig aufgeschmissen. Genauso fatal war es, wenn man keinen Termin hatte, wie ich später einmal leidvoll erfahren musste.

Hatte man die lange Schlange an der Anmeldung überstanden und dort erfahren, in welchen Bereich man sich begeben musste, und hatte man diesen dann nach einigem Suchen gefunden, hielt man vergeblich nach einem Wartenummernautomaten Ausschau. Diese mir sehr bekannten Geräte waren abgeschafft worden, um die Kommunikation zwischen den Kunden zu fördern. «Wer war denn der Letzte?», musste man jedes Mal die übrigen Wartenden laut und deutlich fragen und hoffen, dass sich jemand meldete. Jene Person durfte man für die nächsten zwei oder drei Stunden nicht aus den Augen lassen, denn wenn sie sich auf den Ruf «Der Nächste bitte!» erhob, dann hatte man es fast geschafft und durfte beim nächsten Aufruf an einem der fünf mit ungeschulten Sachbearbeitern besetzten Tische Platz nehmen. Hier durfte man nun sein Anliegen erläutern und bekam, wenn man Glück und die nötigen Unterlagen schon dabeihatte, einen Termin beim «richtigen» Sachbearbeiter oder der Leistungsstelle.

Die meisten derart Wartenden waren nach dieser Prozedur dermaßen gefügig, dass sie auch Jobs für 4,50 Euro brutto die Stunde annahmen. Und für die diejenigen, denen noch genug Kraft blieb, um aggressiv zu werden, flanierte Security-Personal auf den Gängen.

Zum Glück habe ich neben meinem Termin um 8.30 Uhr auch eine Zimmernummer, die 211. Trotzdem brauche ich gut zehn Minuten, um das Büro zu finden. Ich klopfe zaghaft an Zimmer 211 und drücke die Klinke nieder. Noch bevor ich die Tür geöffnet habe, schreit eine Stimme, die an eine Mischung aus dem Gebrüll eines Pavians und dem Geräusch von quietschender Kreide an der Schultafel erinnert: «Ich rufe Sie auf!»

Schockiert schließe ich die Tür wieder. Durch den geöffneten Spalt habe ich Frau Steputat sehen können, und sie gleicht meiner früheren Kindergartenerzieherin Frau May wie ein Ei dem anderen. Eine unförmige, massige Figur mit einem alles überragenden spitzen Busen, ein teigiges, mit Schminke zugekleistertes Gesicht und ein blonder Dutt von der Größe eines

Fußballs. Frau May hatte mir im Kindergarten während der Mittagsruhe immer die Augen zugehalten, um meinen Schlafunwillen zu brechen. Ob sie tatsächlich glaubte, mir damit in den Schlaf helfen zu können, oder ob sie einfach nur böse war, weiß ich bis heute nicht. Jedenfalls war es die Hölle. Probiert das mal aus. Lasst euch eine halbe Stunde lang die Augen zuhalten – und ihr werdet dem Wahnsinn ein Stück näher sein. Es ist durchaus möglich, dass Frau May nicht ganz unschuldig daran ist, dass ich jetzt hier arbeitslos im JobCenter sitze, anstatt Karriere zu machen.

Obwohl im Zimmer von Frau Steputat niemand außer ihr gewesen war, verstreicht eine halbe Stunde, ohne dass ich aufgerufen werde. Es ist inzwischen fünf nach neun und ein spindeldürres, kahlköpfiges Männchen mit Aktentasche läuft hyperventilierend den Gang auf und ab und wiederholt mantraartig: «Ich hab doch Termin um neun, ich hab doch Termin um neun.»

«Ich hab 8.30 Uhr», sage ich zu ihm, um ihn darauf vorzubereiten, dass er wohl noch länger warten müsse. Er schaut mich erschrocken an, dann setzt er seine Wanderung fort.

Schließlich werde ich doch noch aufgerufen, worauf sich sofort das Männchen an meine Fersen heftet und Frau Steputat in Kenntnis setzt, dass er Termin um neun habe.

«Ich ruf Sie dann auf!», schreit Frau Steputat mit ihrer Paviangebrüll-Quietschkreidestimme und schlägt ihm die Tür vor der Nase zu. Etwas weniger laut bittet sie mich, Platz zu nehmen, anschließend versinkt sie schweigend über meiner Akte. Je länger sie darin blättert, umso mehr gleicht ihr Gesicht dem eines chinesischen Faltenhundes. Sie schüttelt den Kopf.

«Ich kann das nicht verstehen», sagt sie. «Sie sind ein gesunder, intelligenter junger Mann!»

Ich nicke bestätigend.

«Warum haben Sie dann keine Arbeit?», fragt sie und starrt mich völlig fassungslos und ungläubig an.

«Ähm ...», beginne ich und weiß nicht weiter. Ich denke, es ist der richtige Zeitpunkt für die Blumen.

«Ich hab Ihnen was mitgebracht», sage ich feierlich und überreiche ihr den Strauß mit Margeriten.

«Für gute Zusammenarbeit!»

Sie starrt mich noch fassungsloser an.

«Herr Naumann, was soll das? Sie sind seit zehn Jahren fast ununterbrochen arbeitslos, das kann ich nicht akzeptieren. Da geht mir die Hutschnur hoch!»

Jetzt bin ich an der Reihe, fassungslos zu gucken. Hat sie das eben wirklich gesagt, das mit der Hutschnur?

In diesem Augenblick klopft es an der Tür, die sich einen Spaltbreit öffnet.

«Ich hab doch Termin um neun», sagt das Männchen schluchzend. Frau Steputats Gesicht gleicht nun dem eines sehr finster dreinblickenden chinesischen Faltenhundes. Und sich nur mühsam beherrschend, bittet sie mich, einen Augenblick zu warten, dann geht sie mit dem Männchen vor die Tür. Ich habe Angst um das Männchen, aber ich muss mich auf mich konzentrieren. Hier im JobCenter ist sich jeder selbst der Nächste. Der Start mit meiner PAP ist alles andere als gut verlaufen, und ich muss retten, was noch zu retten ist.

«So, das wäre erledigt», schnauft Frau Steputat befriedigt, als sie wieder ins Zimmer tritt. Von draußen ist lautes Weinen zu hören. Sofort bin ich wieder in ihrem Fokus.

«Nun, Herr Naumann, leider habe ich momentan kein Stellenangebot für Sie. Ich erwarte Eigeninitiative. Wenn Sie in drei Monaten wieder zu mir kommen, möchte ich vier Bewerbungsbemühungen pro Monat von Ihnen sehen!»

Ich bin wie vor den Kopf gestoßen. Bei allen Befürchtungen,

die ich gehegt hatte, ist es viel schlimmer gekommen als erwartet. Ich kann noch nicht ahnen, dass im Laufe der nächsten fünf Jahre aus den vier geforderten Bewerbungen acht pro Monat werden sollen.

«Ein Mon Chéri?», frage ich kraft- und hoffnungslos und halte meiner PAP die geöffnete Packung hin. Für einen Moment kann ich sehen, wie Frau Steputat mit sich kämpft, dann wird sie wieder Herr über sich selbst.

«Herr Naumann, ich glaube, Sie verkennen den Ernst der Lage! Bitte warten Sie jetzt draußen, ich mache die Eingliederungsvereinbarung fertig, dann rufe ich Sie wieder rein!»

Mit einem letzten Rest Hoffnung lasse ich die Mon-Chéri-Packung auf ihrem Schreibtisch stehen und gehe aus dem Zimmer. Das Männchen hockt mit tränengeröteten Augen zitternd in einer Ecke, hält die Aktentasche vor sich und schlägt in einem fort seine Stirn darauf. Hätte ich eine Aktentasche, würde ich mich zu ihm hocken und das Gleiche tun.

Nach einer Weile darf ich wieder rein und sehe, die Blumen sind im Müll und die leere Packung Mon Chéri auch. Frau Steputat hält mir stumm die Eingliederungsvereinbarung unter die Nase. Mit wachsendem Entsetzen lese ich, dass ich nicht nur vier Bewerbungen pro Monat nachweisen muss, sondern dass ich mich zudem verpflichte, auf jedes Stellenangebot des Job-Centers umgehend zu reagieren und Kontakt mit dem vorgeschlagenen Arbeitgeber aufzunehmen.

Ich unterschreibe die Eingliederungsvereinbarung oder einen Pakt mit dem Teufel. Es gibt da keinen Unterschied.

Das Letzte, was ich von Frau Steputat sehe, ist, wie sie sich Schokoladenreste von den dicken Fingern leckt. Als ich das Zimmer verlasse, ist das Männchen verschwunden. Es wird wohl betteln gegangen sein.

Überall Menschen

Gucke aus dem Fenster, weil so schönes Wetter ist, da kann man ruhig mal den Kopf raushalten und sich die Frühlingsluft um die Nase wehen lassen. Man hat ja Zeit als Arbeitsloser. Das Fensterbrettkissen umkuschelt zärtlich meine Ellbogen, ein Fernglas zum Leutebeobachten hängt griffbereit um meinen Hals, und die Vögel zwitschern ganz allerliebst. So lässt sich's leben. Rausgehen kann ich leider nicht. Draußen sind überall Menschen. Arbeitende Menschen. Mit denen will ich nichts zu tun haben. Sie strömen aus dem Gewerbegebiet am Ende der Straße, sie strömen ins Gewerbegebiet, sie laufen ums Gewerbegebiet rum. Wenn ich die Augen zumache, sind sie weg. Ein Trick, den schon ganz kleine Kinder beherrschen. Aber wenn ich die ganze Zeit meine Augen zumache, dann schlafe ich ein, falle aus dem Fenster, und das Fernglas geht kaputt.

Also muss ich sie ertragen, die Menschen. Von hier oben sehen sie aus wie Ameisen, würde ich gern sagen, aber ich wohne im zweiten Stock. Und vom zweiten Stock aus lässt sich das mit den Ameisen nicht einmal mit viel gutem Willen behaupten. Wer hat die alle gerufen? Ich nicht. Ich bin ein Misanthrop. Ein gemäßigter zwar, wegen meiner Frau und der Kinder, aber ein Misanthrop. Bezeichnend dafür ist, dass ich das letzte Mal geweint habe, als im Kino *Amy und die Wildgänse* lief, ein Film über die Migration von Kanadagänsen, und die eine Gans verzweifelt mit ihrem verletzten Flügel flatterte, um sich gemeinsam mit ihren Gänsegeschwistern in die Luft zu erheben. Eine Szene, die mich zutiefst bewegt hat. Dagegen blieb ich beispielsweise völlig gelassen, als meiner Frau die Gallenblase operativ entfernt wurde. Tierschicksale setzen bei mir Emotionen frei, die ein Mensch nie auslösen könnte. Genau so ein Mensch bin ich.

Ich sehe dem Treiben da unten weiter zu. Es werden immer mehr. Frauen, Männer, Kinder, Alte, alles meine Feinde. Sie laufen unter meinem Fenster lang. Menschen, die unter meinem Fenster vorbeigehen, regen meine Speichelproduktion an. Ein vorbeihoppelndes Kaninchen zum Beispiel würde einen derartigen Reflex niemals auslösen. Es sei denn, es wäre ein gebratenes Kaninchen und ich hätte Hunger. Aber auf Kaninchen spucken? Niemals.

Mein Mund ist schon voller Spucke, aber ich trau mich nicht. Als Kind oder Jugendlicher hätte ich jetzt eine Maschinengewehrsalve aus meinem Mund abgefeuert, aber seit ich mehrere Resozialisierungsphasen bei verschiedenen Projekten von Sozial- und Arbeitsämtern mit dem Ziel der Wiedereingliederung in den ersten Arbeitsmarkt durchlaufen habe, hindern mich ethische Barrieren daran, die von Sozialarbeitern kunstvoll errichtet wurden. Den Menschenfeind in mir konnten sie allerdings nicht austreiben. Im Gegenteil, bei solchen Projekten potenzierte sich meine misanthropische Grundstimmung.

Seitdem rede ich übrigens mit Bäumen. Das ist wesentlich entspannender als zwischenmenschliche Kommunikation. Bäume gehören zu den ganz wenigen Gesprächspartnern, die noch weniger sagen als ich. Es gibt keine Widerworte, man muss nicht um den heißen Brei herumreden und niemandem in die Augen gucken.

Wenn sich alle Menschen plötzlich in Bäume verwandeln würden, wären die meisten wahrscheinlich so verkrüppelte Kiefern mit Borkenfraß, aber das wäre immer noch ein Fortschritt. Der kleine freche Lümmel vom Haus gegenüber, der gerade un-

VON HIER OBEN SEHEN DIE MENSCHEN AUS WIE AMEISEN …
DIT SIND AMEISEN.

ter meinem Fenster vorbeischlendert, wäre wahrscheinlich eine miniermottengeschädigte Zwergkastanie.

Huch, jetzt sind doch plötzlich alle ethischen Bedenken über Bord gegangen. Ein Batzen Spucke hat sich gelöst ... Aber vorbei. Hat er Glück gehabt, der Junge. Obwohl er es verdient hätte. Wie alle da unten. Tragen alle ihr kleines schmutziges Geheimnis mit sich rum, aber ich kann in ihnen lesen wie in einem Buch. Der da zum Beispiel, mit dem großen, silbernen Aluminiumkoffer, verprügelt seine Frau. Das sagt mir mein Instinkt. Wer würde freiwillig einen silbernen Aluminiumkoffer tragen, wenn er ein reines Gewissen hätte? Ich habe mal jemanden in der S-Bahn einen solchen Koffer öffnen sehen. Ein Apfel kullerte verloren darin rum und eine *Bild*-Zeitung. Der Rest war Vakuum. Der Mann aß den Apfel und las die Zeitung, warf beides beim Aussteigen in den Müll und marschierte den Rest des Tages mit einem völlig leeren Klotz von einem Aluminiumkoffer herum. *Das* nenne ich krank. So jemand kann einfach nur seine Frau verkloppen. Ganz bestimmt.

Oder die Frau da, die mit den großen Ohrringen und den Schuhen mit den wolkenkratzergroßen Absätzen. Die schläft mit ihrem Chef, da bin ich mir sicher. Sie wird mir kaum beweisen können, dass sie es nicht tut. Und wenn sie alles abstreitet, macht sie das erst recht verdächtig. Außerdem geht sie fünf Meter hinter dem Mann mit dem Aluminiumkoffer. Natürlich, um die Fassade aufrechtzuerhalten, denn der Mann mit dem Aluminiumkoffer ist ihr Chef. Aber ich bin ja nicht doof, ich kann mir zusammenreimen, was hier gespielt wird.

Sie sind so einfach zu durchschauen, die Menschen. Schön, wenn es Ausnahmen gibt, wie das kleine Mädchen dort, das so versonnen in den blauen Himmel guckt. Sie ist noch unschuldig und unverdorben. Aber wie lange noch? Jetzt hebt sie einen Stein auf und betrachtet ihn interessiert, wirft ihn von einer

Hand in die andere, dreht sich blitzschnell um und schmeißt ihn mir mit voller Wucht an die Stirn. Na, das hätte ich mir denken können. Kaum fasst man mal Vertrauen, schon wird man enttäuscht. Nee, jetzt mach ich das Fenster zu und sperr euch alle aus. Oh, beinahe hätte ich das Fensterbrettkissen vergessen. Wenn das jetzt die ganze Nacht auf der Fensterbank ... Ich will gar nicht dran denken. Sonst muss ich bloß wieder weinen.

«Sie haben was?»

Frau Steputat starrt mich wieder einmal völlig fassungslos an. Die Fassungslosigkeit geht allerdings schnell über in Entrüstung und schließlich in blanke Wut. Ihre behaarte Oberlippe zittert, während sie auf meine Antwort wartet.

Gerade einmal drei Monate sind seit unserer letzten Begegnung vergangen, und nun will Frau Steputat schon wieder mit mir über meine berufliche Situation sprechen. So steht es in der Einladung, die vor zwei Wochen in meinem Briefkasten gelandet war. Einladungen kann man ja eigentlich auch ausschlagen, aber das schien mir in diesem Fall nicht angeraten.

Frau Steputat wartet weiter auf eine Antwort, doch ich sehe an ihr vorbei auf das gerahmte Foto, das auf ihrem Schreibtisch steht. Ein furchtbar pummeliges, etwa sechsjähriges Mädchen in einem pinkfarbenen Badeanzug schleckt ein Eis. Die Tochter oder die Enkelin? Aufgrund des Alters von Frau Steputat, das ich auf etwa fünfzig schätze, tippe ich auf Enkelin.

«Herr Naumann», reißt mich Frau Steputat aus meinen Gedanken, «ich warte auf eine Antwort!»

Ängstlich sage ich zum zweiten Mal: «Ähm, ich kann leider keine Bewerbungsbemühungen vorweisen.»

Frau Steputat, drohend: «Und warum nicht?»

«Ich habe nichts gefunden, das mir Spaß machen könnte.»

«Spaß?» Frau Steputat scheint kurz davor, in Ohnmacht zu fallen. «Es geht hier nicht ums Spaßhaben, Herr Naumann. Über den Punkt sind wir doch schon lange hinaus. Es geht darum, dass Sie endlich in die Pötte kommen und sich wirklich bemühen, ihre Arbeitslosigkeit zu beenden. Das muss doch schrecklich sein, zu Hause rumzusitzen und die Hände in den Schoß zu legen, in Ihrem Alter!»

Wahrheitsgemäß müsste ich jetzt antworten, dass es mitnichten schrecklich, sondern recht angenehm ist, aber ich fürchte, das würde mein Verhältnis zu Frau Steputat noch mehr belasten. Also nicke ich nur zustimmend.

«Na sehen Sie», sagt Frau Steputat etwas milder. «Ich muss Ihre Leistungen jetzt allerdings um zehn Prozent kürzen laut § 31 SGB II, wegen der fehlenden Bewerbungen, da kommen wir nicht drum rum. Und dann überlegen Sie vielleicht mal, welche Arbeit für Sie in Frage kommt, auch wenn sie Ihnen keinen Spaß macht.»

Ich zucke mit den Schultern. «Wissen Sie, Frau Steputat, das ist ja das Problem. Ich hab das noch nie richtig gewusst, was ich eigentlich will. Nur einmal, da hatte ich ein ganz konkretes Ziel...»

Die Beatles hatten bestimmt nicht so einen schönen Blockflötenbeutel wie ich

Wieder schaue ich an Frau Steputat vorbei, doch um nicht erneut das dicke Kind auf dem Foto sehen zu müssen, konzentriere ich mich auf den jämmerlichen Kaktus daneben, während ich beginne zu erzählen.

Ich hatte nie in meinem Leben einen echten Berufswunsch. Schon im Kindergarten schaute ich verständnislos zu, wie sich die Jungs gegenseitig im Türmebauen zu überbieten versuchten. Abends wurden die Türme eingerissen, am nächsten Morgen machten sie sich wieder an die Arbeit – es war so sinnlos. Ich hatte mich nach langem Abwägen dazu aufgerafft, probeweise auch mal zwei Bausteine übereinanderzulegen, um zu erfahren, was daran so faszinierend war. Ich verspürte nichts. Es war eine stumpfsinnige Tätigkeit, die mich schon nach zwei Bausteinen maßlos langweilte. Durchhaltevermögen hatte man nämlich auch vergessen mir in die Wiege zu legen.

Am liebsten saß ich einfach nur so da und dachte nach. Das wurde im Kindergarten noch toleriert, aber es war klar, dass ich mit dieser Tätigkeit später kein Geld verdienen können würde. Die Option, Empfänger von Transferleistungen zu werden, gab es für mich nicht, denn leider war ich in ein Land hineingeboren worden, das mir in dieser Hinsicht keine Perspektiven bot. Arbeitslosigkeit gab es nicht beziehungsweise hatte es nicht zu geben. Schon Hammer und Zirkel im Ährenkranz auf der Flagge der Deutschen Demokratischen Republik signalisierten den Stellenwert von Arbeit in der sozialistischen Gesellschaft. Es gab Dutzende von staatlichen Auszeichnungen für fleißige Arbeiter. «Banner der Arbeit», «Aktivistenabzeichen der volkseigenen Betriebe», «Aktivistenabzeichen der Maschinen-Ausleih-Stationen», «Held der Arbeit», «Verdienter Aktivist», «Brigade der ausgezeichneten Qualität», «Brigade der besten Qualität», «Brigade der hervorragenden Leistung», «Brigade der kollektiven Aktivistenarbeit», «Brigade der sozialistischen Arbeit», «Aktivist des Fünfjahrplans», «Aktivist des Siebenjahrplans», um nur einige zu nennen. Ich war in dieser Gesellschaft fehl am Platz. Das schien mein Schicksal zu sein.

Die Sonderschule für Schwerhörige in Karl-Marx-Stadt, die ich ab 1979 wegen meiner Hörschädigung besuchte, machte mir zwar halbwegs Spaß, aber der Werkunterricht bereitete mir Qualen. Monatelang mussten wir an einem Flaschenöffner aus Stahl feilen. Der Stahl widersetzte sich hartnäckig, man musste schon alles geben, damit am Ende des Tages ein paar Späne gefallen waren. Die vom Politbüro hatten das nicht ohne Hintergedanken in den Lehrplan involviert. Wir sollten mürbegemacht werden. Wer monatelang an einem Flaschenöffner aus Stahl feilte, der hatte keine Kraft mehr zur Opposition.

Als ich den fertigen Flaschenöffner das erste Mal benutzte, brach der Flaschenhals ab. Eine weitere Bestätigung für mich, dass Arbeit einfach nichts für mich war. Und so langsam rückte der Zeitpunkt näher, an dem es für mich ernst werden sollte.

Als wir in der achten Klasse unsere Berufswünsche angeben mussten, schien es keinen Ausweg für mich zu geben. Während meine Klassenkameraden schon mit spätestens zehn Jahren wussten, dass sie Kfz-Mechaniker oder Kosmonaut werden wollten, hatte ich keinen blassen Schimmer, mit welcher Arbeit ich mein Geld auf angenehme Art und Weise verdienen könnte. Meinen Vorstellungen am nächsten kam das Berufsbild des Pförtners, aber auf der Liste der für Schwerhörige in Frage kommenden Ausbildungsberufe, die man uns gegeben hatte, war der Pförtner nicht dabei. Vielleicht musste man ja studieren, um Pförtner werden zu können, und ich beschloss, mich bei meinen Eltern und Lehrern danach zu erkundigen.

Doch dann sah ich zur selben Zeit im Fernsehen diese Dokumentation über die Beatles. Ich war völlig fasziniert. Die Beatles standen auf der Bühne herum und machten nichts weiter als ein bisschen singen und Gitarre spielen, und die Zuschauer in der ersten Reihe kippten peu à peu um und wurden von Sanitätern weggetragen, bis die zweite Reihe nachrücken konnte. Dann begann das Spiel von vorn. Man musste fürchten, dass die Beatles bald vor einer leeren Halle spielen würden. Ein Mädchen aus dem Publikum schrie völlig hysterisch immer wieder «George! George!», und das, obwohl George Harrison nicht mal sang oder gut aussah.

Ich saß vor dem Fernseher, und mir war klar, dass es doch noch eine Alternative zum Pförtner gab. Ich wollte auch, dass die Mädchen «Robert! Robert!» schrien und umkippten. Ich wollte Popstar werden.

Das Verrückte war, dass ich die Musik der Beatles eigentlich schon lange kannte. Mein Vater war ein besessener Fan der Pilzköpfe und entschlossen, aus seinen Kindern auch welche zu machen. Zu diesem Zweck stülpte er uns regelmäßig Kopfhörer über die Ohren, legte eine seiner Beatles-Platten auf, setzte sich uns gegenüber und beobachtete unsere Reaktionen. Schnell fand ich heraus, dass es ihn nicht störte, wenn ich die Augen schloss. Er meinte wohl, das wäre meine Art zu genießen. Und so schlief ich mich durch das Weiße und das Blaue Album, durch *Revolver*, *Help* und die Amiga-Pressung *Die Beatles 1967–1970*. Noch heute fallen mir die Augen zu, wenn ich die ersten Takte von «Strawberry Fields Forever» oder «All You Need Is Love» höre, obwohl mir die Musik inzwischen gut gefällt. War die Platte abgelaufen, nahm mein Vater mir die Kopfhörer ab und sah mich erwartungsvoll an. Ich erwachte und sagte: «Es war mir ein Genuss!»

Meine drei Jahre ältere Schwester rebellierte früh gegen diese eintönige musikalische Erziehung. Eines Tages schnitt sie Löcher in ihr Kleid, schüttete sich Zuckerwasser ins Haar und verzog den Mundwinkel wie Billy Idol, dessen Musik sie von nun an hörte. Keiner von uns wollte mehr mit ihr zu tun haben. Mein Vater wegen der Löcher im Kleid, meine Mutter wegen des Zuckerwassers, und ich konnte mich nicht an diesen debilen Gesichtsausdruck gewöhnen, der durch den hochgezogenen Mundwinkel entstand.

Es war ihr alles egal. Sie wechselte ihren musikalischen Geschmack wie ihre Unterhemden. Billy Idol wurde nach zwei Wochen von Limahl abgelöst, es folgten The Cure und Depeche Mode und dann, völlig unvermittelt, eine jähe musikalische Kehrtwendung zu Herman van Veen. Ihm blieb sie lange Zeit treu.

Nachdem ich die Beatles im Fernsehen gesehen und mich entschlossen hatte, Popstar zu werden, bedauerte ich, mir bisher so wenig aus Musik gemacht zu haben. Das einzige Instrument, das ich einigermaßen beherrschte, war eine Blockflöte, für die ich in der zweiten Klasse sogar einen Blockflötenbeutel gehäkelt hatte, um sie vor Wind und Wetter zu schützen. Mir war klar, dass ich mit einer Flöte keine großen Sprünge machen konnte. Außerdem war das Mundstück von meinem Speichel so verkrustet, dass durch die winzige verbliebene Öffnung immer nur das gleiche hohe Fiepen drang, unabhängig davon, was man gerade versuchte zu spielen.

So klaute ich die kleine Wandergitarre aus dem Zimmer meiner Schwester und klimperte ein bisschen darauf herum. Es hörte sich gar nicht schlecht an, doch auch nicht wirklich professionell. Aber vielleicht musste man überhaupt nicht spielen können, vielleicht konnte man dieses Manko mit lautem Gesang kaschieren. Perfekte Idee. Ich beschloss, in den Schulchor einzutreten.

«Kannst du Noten lesen?», fragte mich die Chorleiterin, eine sechzigjährige alte Jungfer mit so streng nach hinten gebundenen Haaren, dass ihre Stirnfalten dadurch geglättet wurden. Sie war gleichzeitig meine Musiklehrerin und wusste natürlich, dass ich es nicht konnte. Und sie mochte mich auch nicht, weil ich sie vor drei Wochen im Vorbereitungsraum eingeschlossen hatte. «Dann lern das erst mal», sagte sie und überreichte mir ein Heft, mit dessen Hilfe ich mir selbst beibringen sollte, Noten zu lesen.

Mein Gott, Noten! Es gab ganze, halbe, viertel, achtel Noten und immer so weiter. Keine Ahnung, ob das überhaupt aufhörte. Vielleicht gab es so verrückte Komponisten, die Noten ständig weiter spalteten wie Atome, weil ihnen die vorhandenen nicht reichten. Manche Noten hatten nur einen schwarzen Rand um die Kuller, andere waren ausgemalt, und einige hatten sogar Fähnchen wie die Neffen von Donald Duck an ihren Pfadfindermützen.

Wir hatten zu Hause ein Heft mit Noten für das 3., 4. und 5. Klavierkonzert von Beethoven. Mir wurde übel, wenn ich mir das ansah. Es war überhaupt kein Konzept erkennbar. Ich konnte mir nicht vorstellen, dass sich John Lennon oder Paul McCartney mit so was abgegeben hatten. Und ich hatte das auch nicht vor.

Ich ging zur Chorleiterin und behauptete, inzwischen schon bei den Achtelnoten zu sein, die anderen hätte ich alle schon drauf, und das mit dem Vorbereitungsraum damals täte mir sehr, sehr leid. Ob ich nicht wenigstens probeweise schon mal mitsingen könne. Zu meiner Überraschung sagte sie ja. Sie mochte es wohl, wenn man ein bisschen schleimte.

Die Kinder probten gerade für einen Chorwettstreit, der demnächst stattfinden sollte, und als Höhepunkt des Programms war das Volkslied «Wenn der Topf aber nun ein Loch hat, lieber Heinrich, lieber Heinrich» vorgesehen. Ein Heinrich war schnell gefunden, aber keins von den Mädchen wollte die dumme Suse sein, obwohl jede von ihnen die Idealbesetzung gewesen wäre. Ich witterte meine Chance und bot mich an. Das Gekicher der Mädchen störte mich nicht, in ein paar Jahren würden sie meinen Namen kreischen und vielleicht mit dem Kopf auf den Bühnenrand aufschlagen, wenn sie ohnmächtig geworden umkippten.

Ich setzte sogar ohne Widerspruch die blonde Perücke mit den zwei geflochtenen Zöpfen auf, ich musste jetzt Opfer bringen. Wir hatten ungefähr die Hälfte hinter uns – ich fragte gerade Heinrich, womit ich das Beil schärfen solle –, als die Chorleiterin «Stopp, stopp, stopp» schrie, mich beiseitenahm und sagte: «Robert, du hast eine schöne Stimme, aber du musst jetzt trotzdem gehen.»

Das war ein Widerspruch, aber den bemerkte ich nicht. Das Lob haute mich um. Ich hatte eine schöne Stimme. Für mich begann mit dem Part der dummen Suse meine Karriere als Popstar.

Die Karriere endete zwei Wochen später etwas abrupt. Nach dem motivierenden Chorerlebnis trällerte ich zu Hause, was das Zeug hielt. Ich sprach nicht mehr mit meinen Eltern, ich sang zu ihnen. Ich sang unter der Dusche, ich sang am Frühstückstisch, und abends im Bett sang ich mir mein eigenes Einschlaflied. Nach zwei Wochen hielten es meine Eltern nicht mehr aus. «Wir müssen mal mit dir reden», erklärten sie mir. Sie hatten deutlich weniger diplomatisches Geschick als meine Chorleiterin. «Wir können so nicht mehr leben», schluchzte meine Mutter. «Es gibt so schöne andere Hobbys», sagte mein

Vater. Ich rannte wütend aus dem Zimmer. Es war das jähe Ende meiner kurzen Popstarkarriere.

Also doch Pförtner werden? Ich erfuhr, dass es die Möglichkeit gab, in Ost-Berlin im Internat zu wohnen und an der Erweiterten Oberschule für Schwerhörige das Abitur zu machen. Das war für mich die Möglichkeit, den Eintritt ins Berufsleben hinauszuzögern, deshalb hatte ich gar keine andere Wahl: Ich ging nach Berlin und machte das Abitur.

«Meine Kleine auch», sagt Frau Steputat und betrachtet zärtlich das Foto auf ihrem Schreibtisch. Also doch die Tochter.

«Will auch Abitur machen?», frage ich.

«Popstar werden», antwortet Frau Steputat. «Sie kann schon Noten lesen.»

«Das ist toll», sage ich, «wenn man schon in so jungen Jahren so reale Pläne hat.»

«Und spätestens in Ihrem Alter sollte man so langsam wissen, was man will», entgegnet meine Sachbearbeiterin.

Einfach in Ruhe gelassen werden, denke ich, das will ich. Sage aber: «Selbst wenn ich das wüsste, ohne Berufsabschluss habe ich doch gar keine Chance auf dem Arbeitsmarkt.»

«Papperlapapp», sagt Frau Steputat, «es gibt genug Arbeit auch für Sie. Ob die Ihnen dann Spaß macht, ist eine andere Frage. Aber das Leben ist kein Wunschkonzert.»

Zum Glück gibt es offenbar doch nicht genug Arbeit für mich. Zumindest nicht in ihrem Computer, in dem sie nach freien Stellen sucht. Zähneknirschend gibt sie schließlich auf.

«Wir sehen uns in drei Monaten wieder», verabschiedet sie mich. «Und vergessen Sie die Bewerbungen nicht!»

Babysitten gehört eindeutig nicht zu meinen Aufgaben

Die Rollenverteilung bei uns zu Hause ist eigentlich klar geregelt. Zwar ist auch meine Frau arbeitslos, da sie ebenso wie ich weder einen Berufsabschluss hat noch die Neigung verspürt, einer sinnlosen Tätigkeit nachzugehen. Allerdings bin ich in unserer Bedarfsgemeinschaft als Haushaltsvorstand eingetragen. Daher fällt mir die Aufgabe des Ernährers zu. Ich müsste somit zumindest die Woche über von Haushaltspflichten entbunden sein, um mich dieser Angelegenheit ungestört widmen zu können. Jedoch ist da noch viel Sand im Getriebe.

Für Schuldzuweisungen ist hier kein Platz. Aber zum Beispiel ließ mich meine Frau neulich am Montag mit den Kindern allein, angeblich wegen eines Termins beim JobCenter. Ich traute ihr nicht so recht. Wahrscheinlich wollte sie einfach nur spazieren gehen und sich vor ihrer Verantwortung als Mutter drücken. Daher verabschiedeten wir uns etwas unorthodox: Ich hielt sie am Ärmel fest, sie trat mich vors Schienbein. Ich hielt mir das Schienbein, und sie war entwischt.

Was nun? Das Spielen mit zwei kleinen Kindern ist zeitlich bei aller Liebe zu ihnen nicht mit meiner verantwortungsvollen Ernährerrolle vereinbar. Ein Essensplan für die Woche musste entworfen werden, und das war unter Berücksichtigung unserer finanziellen Lage alles andere als einfach.

Ein Blick ins Kinderzimmer verriet mir, dass momentan noch alles unter Kontrolle war. Hannah, die dieses Jahr in die Schule kommen würde, schrieb ihren Namen mit Kreide auf eine Tafel, während ihre ein Jahr jüngere Schwester Emma dasselbe erfolglos mit ihrem versuchte. Und schon hatten sie mich

ACH SO, DIE FEINE DAME GEHT SHOPPEN UND ICH MUSS HIER DEN GANZEN TAG AUF DEM SOFA RUMLIEGEN UND MÜHSAM UNSER ARBEITSLOSENGELD VERDIENEN!

entdeckt, ehe ich mich verziehen konnte, warfen die Kreide auf den Boden und liefen erwartungsfroh auf mich zu.

Aber so gern ich mich Hannah und Emma gewidmet hätte, der Essensplan musste ausgetüftelt werden. Wie sollte ich das unter einen Hut bekommen? Ich versuchte es mit einem Trick.

«So, genug gespielt, jetzt ist Mittagsschlaf angesagt», erklärte ich streng, obwohl wir gerade erst gefrühstückt hatten. Kinder haben ja noch kein so ausgeprägtes Zeitgefühl.

«Aber Papa», protestierte Hannah, «es ist erst halb neun.»

Mist, sie konnte schon die Uhr lesen. Na ja, sie ist eben meine Tochter, ziemlich reif für ihr Alter, genau wie ich damals.

«Na gut», sagte ich, «dann spielen wir ...»

Ich überlegte fieberhaft – und hatte schließlich den rettenden Einfall. Ich klatschte vor Begeisterung in die Hände. «Wir spielen Arbeitsamt!»

«Ja, Arbeitsamt», jubelten die Kinder und klatschten ebenfalls begeistert in die Hände. Sie kannten ja die Spielregeln noch nicht.

«Wie geht'n das?», fragte Emma.

«Also», begann ich zu erklären, «Arbeitsamt ist ein stark an die Realität angelehntes Gesellschaftsspiel für drei Personen.»

Ich zählte durch. «Ja, wir haben Glück», rief ich überrascht, «keiner zu viel und keiner zu wenig.»

Die Kinder fielen sich in die Arme, ganz närrisch vor Freude.

«So», erläuterte ich weiter, «ich bin euer Sachbearbeiter. Ihr müsst im Kinderzimmer warten, bis ich euch aufrufe. Das kann sehr lange dauern. Man muss auch sehr leise sein beim Arbeitsamt.»

Die Kinder nickten, sie hatten verstanden.

Ich ging in die Küche und machte mich an den Essensplan. Nudeln mit Soße, Kartoffeln mit Soße, Reis mit Soße. So weit war ich gekommen, als plötzlich Emma in der Küche erschien. Sie legte die Spielregeln offenbar sehr großzügig aus.

«Raus!», brüllte ich. «Warten Sie, bis Sie aufgerufen werden!»

Emma blickte mich erschrocken an und brach in Tränen aus. Vielleicht hatte ich mich zu sehr in meine Rolle hineingesteigert. Aber mein Gott, es war doch trotzdem nur ein Spiel. Hatte ich so sensible Kinder? Ich hätte ihr auch einen unterbezahlten Hilfsjob anbieten können, das wäre wirklich ein Grund zum Heulen gewesen.

«Nun hör schon auf», tröstete ich meine Tochter. Wenn es drauf ankam, konnte ich ein sehr liebevoller Vater sein. Nichtsdestotrotz stand ich wieder vor der Frage: was nun? Offenbar waren die Kinder mit den Spielregeln meines Arbeitsamtspiels überfordert. Ich wurde wütend auf meine Frau, die mir das eingebrockt hatte. Bis mir einfiel, wie ich zwei Fliegen mit einer Klappe schlagen konnte.

«Kommt, Kinder», verkündete ich, «ihr dürft Kekse backen für Mama.»

Ich stellte Mehl, Eier, Milch, Butter und Zucker auf den Küchentisch und sagte anspornend: «Na, dann tobt euch mal so richtig aus!»

Seitdem spricht meine Frau nicht mehr mit mir. Aber die Rollenverteilung klappt jetzt prima.

Die Fütterung der Seekühe

Manchmal kann selbst ich nicht zaubern. Mein Essensplan ist am Ende des Monats nicht mehr realisierbar, die kaputte Waschmaschine und deren Reparatur haben uns einen Strich durch die Rechnung gemacht. So kommt es, dass wir zum Frühstück trockenes Toastbrot essen, denn für Belag hat es nicht mehr gereicht. Die Sonne scheint, es ist der erste schöne Tag im Jahr. 20 Grad Celsius hat der Wetterbericht angekündigt, und ich erinnere mich an die Freikarten für den Tierpark, die mein Schwiegervater uns geschenkt hatte. Großer Jubel bricht aus, als ich vorschlage, lieber dort zu verhungern, anstatt sich zu Hause um die letzten Toastkrümel zu streiten.

Mit knurrendem Magen, aber euphorisiert und glücklich wandern wir durch den Tierpark. Die Tiere liegen satt und zufrieden in der Sonne und lassen ihre dicken Bäuche bescheinen. Ein Gefühl regt sich in mir, man nennt es wohl Futterneid.

Das Gefühl steigert sich erheblich, als wir am Aquarium zufällig die Fütterung der Seekühe miterleben dürfen. Es ist unglaublich. Was der Pfleger da tonnenweise in die trübe Brühe schüttet, ist Haute Cuisine vom Feinsten. Auberginen, Zucchini und Paprikaschoten schwimmen für uns unerreichbar hinter einer dicken Glasscheibe im Wasser. Im Drei-Sterne-Restaurant bekommt man so etwas als Ratatouille serviert. Meiner Frau tropft der Zahn. Sie ist Vegetarierin, es muss schlimm für sie sein.

Aber das ist noch nicht alles. Die Ratatouille wird garniert von Dutzenden zarten Mohrrüben, knackigem Eisbergsalat, Lollo Rosso und wunderbar grünem Broccoli. So grün kenne ich Broccoli gar nicht, im Supermarkt ist er immer gelblich verfärbt.

Die Seekühe stürzen sich auf die Auberginen. Ich komme mir ein wenig verarscht vor. Es scheint mir unmöglich, dass sich Seekühe in der freien Natur von Auberginen ernähren. Zumindest habe ich noch nie davon gehört, etwa in der Art: «Wenn die Sonne untergeht und sich dunkle Schatten über die Landschaft legen, steigen hungrige Seekühe aus den Tiefen des Meeres, um ihren schier unstillbaren Appetit auf Auberginen auf den Feldern der einheimischen Bauern zu stillen. Die plumpen Körper robben ungraziös über die fruchtbare Erde und hinterlassen eine Schneise der Verwüstung. Aber auch Zucchini, Paprika und anderes Edelgemüse verachten die gewaltigen Meeressäuger nicht und vernichten so auf ihren nächtlichen Raubzügen die Existenzgrundlage Tausender Bauern.»

Nee, das kann mir keiner erzählen. Ich habe schon oft von der rührend erscheinenden Liebesbeziehung der Tierpfleger zu ihren Schützlingen gehört, aber das geht mir dann doch zu weit. Wenn die eingenommenen Eintrittsgelder dermaßen verpulvert werden, dann muss man den Mund aufmachen. Alle will ich sie zur Rede stellen. Aber im Geiste höre ich schon, wie sich der Pfleger von Torvald, dem kleinen Pinguin, verteidigt: «Aber er braucht freitags sein gedünstetes Lachsfilet, er wird sonst krank.» Wem würde es was nutzen, wenn ich mich beschwerte?

Meine Frau klebt inzwischen mit der Nase am Aquarium und versucht apathisch, immer wieder mit den Händen durch die Scheibe zu greifen. Sie hat sich wohl noch nie so sehr gewünscht, eine Seekuh zu sein.

Die Kinder ziehen mich weiter, und wir landen im Tropenhaus, wo sie mich fragen, was denn da überall an den Bäumen aufgespießt sei. «Äpfel, Apfelsinen, Bananen ... für die Fledermäuse», erkläre ich ihnen. Sie kennen diese Früchte nur aus den Bilderbüchern, die wir immer bei Haushaltsauflösungen abstauben. Ihre Augen leuchten hungrig. Meine Töchter leiden an Vitaminmangel, und diese Viecher hier kriegen jeden Tag 'ne Überdosis!, denke ich bekümmert. Aber was soll man machen? Arbeiten gehen, um den dürftigen Vitaminhaushalt meiner Kinder ausgleichen zu können? Es gibt auch andere Wege, und ich bin bereit, einen davon zu beschreiten.

Verstohlen sehe ich mich um. Es ist niemand zu sehen. Schnell hole ich meinen Beutel aus der Jackentasche und stopfe ihn voll mit dem ganzen leckeren Zeugs. Die Fledermäuse flattern aufgeregt um mich herum, instinktiv ahnen sie wohl etwas. Als der Beutel voll ist, rennen wir zurück zum Aquarium. «Raus hier!», zische ich meiner Frau zu. Nur widerwillig lässt sie sich von mir fortzerren. «Du kriegst was, nachher», verspreche ich ihr und mache kurz meinen Beutel auf. Ihr Mund formt sich zu einem leisen «Oooh», dann verschwinden wir, so schnell wir können.

«War doch gar nicht übel im Tierpark», sage ich zu meiner Frau, als wir zu Hause am Abendbrottisch sitzen. «Hm», meint sie mit vollem Mund und langt nach einer neuen Banane.

Nächste Woche gehen wir wieder hin.

Dafür bin ich 89 nicht auf die Straße gegangen

Seit kurzem sind wir Besitzer eines schnurlosen Telefons, das uns nicht mal was gekostet hat. Trotzdem war die Geschichte rund um den Erwerb des Telefons eine einzige Enttäuschung.

Alles fing damit an, dass ich schummeln musste. Da ich nicht vorhatte, mich ernsthaft zu bewerben, aber auch keine weitere Kürzung meiner Bezüge riskieren wollte, schrieb ich Adressen von potenziellen Arbeitgebern aus den Stellenanzeigen der Zeitungen heraus. Diese mussten als Nachweise für meine angeblichen Bewerbungsbemühungen ausreichen. Blieb nur zu hoffen, dass Frau Steputat nicht nachprüfte, ob ich mich tatsächlich beworben hatte.

Die Adressen waren zwar schnell aus der Zeitung abgeschrieben, aber der Weg zum Kiosk wurde mir mit der Zeit zu beschwerlich, sodass ich beschloss, eine Tageszeitung zu abonnieren. Etwas ratlos war ich, welche die richtige sein würde. Ausschlaggebend für den *Tagesspiegel* war schließlich der 100-Euro-Gutschein fürs KaDeWe, den man als neuer Abonnent bekam.

Die Summe interessierte mich nur am Rande. Aber diese drei Buchstaben, KaDeWe, gehörten für mich zu einer anderen Welt, so fremdartig und unzugänglich wie das Gehirn meiner Frau.

Ich kannte das sagenumwobene Berliner Kaufhaus nur vom Hörensagen. Ein Palast muss das sein, so stellte ich es mir vor, in dem die Reichtümer bis unter die Decke gestapelt sind. Am Eingang reißt ein goldbetresster Page die Tür auf, und es gibt Champagner und Lachshäppchen zur Begrüßung. Nur Ölscheichs und Popstars, so dachte ich, konnten es sich leisten, in dieser Luxusmärchenwelt einzukaufen.

Aber jetzt ich, der Arbeitslose! Ins KaDeWe! Der Gutschein war meine Eintrittskarte in das glitzernde und funkelnde Paradies. In meinem Kopf spukte immer dieser Spruch herum, der irgendwas mit Rudi Carrell zu tun hatte: «Eben noch bei Netto in der Schlange, jetzt im Kaufhaus des Westens!» Zunächst hatte ich mich nicht getraut, den Gutschein einzulösen, man hat ja als Normalbürger dann doch Hemmungen. Aber die Frist für ihn war inzwischen fast abgelaufen. Eingerahmt und hinter Glas hing er in unserer Küche. Ich hatte meine Frau angewiesen, das Glas zweimal täglich abzuwischen, und hinter der blitzsauberen Fassade umgab den Gutschein eine magische und glanzvolle Aura.

«Nur ein Stück Papier!», versuchte mir eine Stimme in meinem Kopf einzureden, aber die Stimme hatte doch keine Ahnung.

«Soll ich ihn überhaupt einlösen?», fragte ich mich. Was bekommt man wohl für 100 Euro im KaDeWe? Ein halbes Mischbrot vielleicht? Gab es dort so etwas Profanes überhaupt? Natürlich würden wir es nicht essen. Ob nun Brot oder ein Paar Baumwollsocken, was man eben kriegt für 100 Euro beim KaDeWe, das gute Stück kommt in die Glasvitrine. Wir hatten sie vor einer Woche extra gekauft und so gestellt, dass die Nachmittagssonne schräg darauffällt und sie in ein goldenes Licht taucht. Das Dreisitzersofa mussten wir dafür wegschmeißen, es passte vom Stil her einfach nicht dazu. Aber wenn es um eine große Sache geht, dann muss man auch opfern können.

Die Kleiderfrage war auch schon gelöst, zum Glück hatte meine Frau daran gedacht. «Glaubst du, die lassen dich so da rein?», hatte sie gefragt, und wir besorgten uns beim Kostümverleih einen Armani-Anzug für mich und ein Versace-Kleid für meine Frau. Einmal wollten wir dazugehören, zu den Reichen und Schönen, auch wenn unser Dispokredit dafür überzogen werden musste.

Als wir dann frisch gebadet und rasiert mit dem Taxi vorfuhren und der Chauffeur schließlich meinte, wir wären da, guckte ich verständnislos. «Was denn, der graue Betonklotz? Woll'n Sie uns auf'n Arm nehmen?» Aber er hatte recht. Da stand es tatsächlich, in großen Lettern an der Seite: KaDeWe.

Meine Frau fing an zu weinen.

«Warte ab», beruhigte ich sie, «überleg doch mal, wie seh ich denn normalerweise aus?»

«Wie 'n Penner!», sagte meine Frau.

«Genau, und wie bin ich hier drin?», fragte ich und pochte mit der Faust auf die Stelle, wo mein Herz schlägt.

«Ein ganz wertvoller Mensch! Ach ja, jetzt weiß ich, was du meinst.»

Aber dieser letzte Strohhalm, an den wir uns klammerten, erwies sich als zu kurz.

Die Tür mussten wir selbst aufmachen, und niemand kam uns zur Begrüßung entgegen. «Is wie Kaufhof», meinte meine Frau, als wir uns drinnen umsahen, und ich musste ihr recht geben. Der einzige Unterschied war, dass man beim Rolltreppenfahren nicht immer zur gegenüberliegenden Seite laufen musste, um ins nächste Stockwerk zu gelangen. Aber nachdem wir ein paarmal hoch- und runtergefahren waren, hatte auch dieser kleine Trost seinen Reiz verloren.

Ziemlich lustlos tauschten wir dann unseren Gutschein gegen ein stinknormales schnurloses Telefon, das ich für denselben Preis auch schon im Media Markt gesehen hatte. Ich glaube, wir werden es sogar benutzen.

In Zimmer 211

Statt der geforderten zwölf Bewerbungskontakte habe ich vierzehn auf die Liste geschrieben, was Frau Steputat ein versöhnliches Lächeln entlockt. Zum Glück verzichtet sie darauf, nachzuhaken.

«Na bitte», sagt sie ermunternd, «es geht doch, Herr Naumann. Das wäre doch gelacht, wenn wir Sie nicht in den ersten Arbeitsmarkt vermitteln können.»

Ihre gute Laune scheint etwas mit der Großpackung Nimm 2 zu tun zu haben, die vor ihr liegt und aus der sie sich jetzt bedient. Offenbar hält sie den Markennamen für eine Aufforderung, der man nachkommen muss, denn sie schiebt sich gleich zwei Bonbons in den Mund.

«Was wäre denn eigentlich der zweite Arbeitsmarkt?», frage ich und starre irritiert auf Frau Steputats Schreibtisch. Das Foto wurde ausgetauscht. Statt des pinkfarbenen Badeanzugs trägt die Tochter nun ein pinkfarbenes Kleid und beißt in ein Stück Kuchen. Sie scheint etwas zugenommen zu haben.

«Eine ABM-Stelle zum Beispiel», erklärt Frau Steputat ohne jede Schwierigkeit, trotz Sprechens die Bonbons in ihrem Mund unter Kontrolle zu behalten. Sie scheint darin geübt.

«Eine Arbeitsbeschaffungsmaßnahme», fährt sie fort. «Aber die sind zeitlich befristet, und dann wären sie in sechs Monaten oder einem Jahr wieder bei mir, und das wollen wir doch beide nicht.»

«Das nicht», sage ich, «aber für so eine richtige Arbeit bin ich doch gar nicht qualifiziert.»

«Na», entgegnet Frau Steputat, «stellen Sie mal Ihr Licht nicht unter den Scheffel. Immerhin haben Sie doch Abitur.»

«Das schon», bestätige ich, «aber damit allein kommt man auch nicht weit.»

«Und nach dem Abitur haben Sie studiert?» Frau Steputat blättert in meiner Akte. «So steht es hier in meinen Unterlagen.»

«Na ja», entgegne ich, «so ganz hat das mit dem Studium erst mal nicht geklappt. Es war eher so eine Idee ...»

Die unüberwindbare Anziehungskraft der Uni-Kneipe in Trier

Meine Mitschüler waren froh, endlich ihr Abitur in der Tasche zu haben, für mich war es das Grauen. Ähnlich orientierungslos wie der Held aus *Der Fänger im Roggen* war ich völlig ratlos, wie es weitergehen sollte. Zumal zwei Jahre zuvor die Mauer gefallen, Deutschland inzwischen vereint war und die Fülle von neuen Möglichkeiten mich eher lähmte, statt mich zu motivieren.

Ich schaffte es nicht einmal, mir eine eigene Wohnung zu besorgen. Weil sie mich kurz vor dem Abitur wegen wiederholter Verletzungen der Hausordnung aus dem Internat geworfen hatten, war ich gezwungenermaßen zu meiner Schwester gezogen, die in Berlin studierte. Ich hätte das Abi auch schmeißen können, aber dann hätte ich wieder nach Hause gemusst, nach Chemnitz, und das war das größere Übel.

In Berlin wohnten meine Schwester und ich auf zwanzig Quadratmetern mit Außenklo, bei dem das Fenster kaputt war, sodass man im Winter an der Klobrille festfror. Man musste sich mit dem Feuerzeug wieder loseisen. Wenn man das Feuerzeug vergessen hatte, hieß es Däumchen drehen und auf Tauwetter warten.

Däumchen hätte ich gern sowieso die ganze Zeit weiter gedreht, aber allein aus finanziellen Gründen musste ich eine Entscheidung treffen. Zwar gab es da dieses neue Zauberwort «Arbeitslosengeld», das zu DDR-Zeiten völlig unbekannt war, aber um in dessen Genuss zu kommen, musste man erst einmal ein ganzes Jahr gearbeitet haben, und das war ein absolut unvorstellbar langer Zeitraum.

Die einzige Alternative bestand in einem Studium. Aber ich hatte keine Ahnung, welche Studienrichtung die richtige für mich wäre.

Mir blieb nichts weiter übrig, als auf ein Zeichen zu warten. Das Zeichen hieß Anke und stammte aus Trier. Sie wollte in Berlin studieren, und da ihr WG-Zimmer in Trier frei würde, schlug sie mir vor, ihr Nachmieter zu werden und in Rheinland-Pfalz zu studieren. Ich dachte an das Außenklo und daran, dass es eine gute Gelegenheit wäre, davon wegzukommen.

Erst auf der Fahrt nach Trier wurde mir bewusst, dass ich wahrscheinlich der WG-untauglichste Mensch der Welt war. Schon ich selbst war mir manchmal zu viel Trubel, bei mehr als zwei Leuten auf einem Haufen bekam ich eine soziale Phobie.

Die WG bestand aus Karin, Susi, Jeanette und Holger. Sie saßen in der Küche versammelt, guckten mich erwartungsvoll an und meinten, ich solle ihnen mal was von mir erzählen. «Na», sagte ich, «ich bin der Robert. Wo ist denn mein Zimmer, ich würde mich gern zurückziehen.» Für meine Verhältnisse war das schon ein kleiner Redeschwall, aber ihnen reichte es offenbar nicht. «Setz dich!», forderten sie mich auf. Dann quatschten sie auf mich ein. Sie würden hier alles zusammen machen, frühstücken, fernsehen, abwaschen, keiner müsse für eine Minute allein sein. «Und wenn man mal allein sein will?», fragte ich. Sie blickten mich stirnrunzelnd an, die Frage war ihnen suspekt. «Wir sind keine Zweck-WG», sagte die blonde Karin streng.

Um die spannungsgeladene Situation ein wenig zu entschärfen, bot Holger mir ein Bier an. Ich setzte mich widerstrebend an den Küchentisch, bereit, ihre weiteren Fragen so gut wie möglich abzublocken.

«Und, was willst du studieren?», hackten sie weiter auf mich ein – und hatten mich kalt erwischt. Mit diesem Punkt hatte ich mich noch nicht eingehend beschäftigt. Ich hatte wieder auf ein Zeichen gehofft. Die Assoziationskette Trier – Karl Marx – Philosophie schoss mir durch den Kopf, und mangels weiterer Geistesblitze erklärte ich, Philosophie studieren zu wollen. Damit machte ich ein paar Pluspunkte. Ein Philosoph in der WG, das beeindruckte sie, die so profane Sachen wie Geschichte oder Biologie studierten. Jeanette meinte, sie könnte jeden Tag stundenlang über Gott und die Welt quatschen. «Ich nicht», sagte ich und hatte meine Pluspunkte wieder verspielt.

Zum Glück wurden meine Mitbewohner bald müde und gingen ins Bett. Um ihre Toleranzgrenze auszutesten, trank ich die ganze Nacht Holgers Bierkasten leer und machte mir dazu kleine Snacks mit allem, was der Kühlschrank hergab. Zwischendurch ging ich immer wieder aufs Klo, um die neue Lebensqualität voll auszukosten. Allein schon dafür hatte sich die Fahrt gelohnt.

Am nächsten Tag ging es zur Uni, ich musste mich für Philosophie einschreiben, inzwischen hatte ich mich sogar mit diesem Gedanken angefreundet. Auf dem Weg zum Immatrikulationsbüro stellte sich mir die Uni-Kneipe in den Weg und saugte mich durch die offene Tür. Ich hatte überhaupt keine Chance. Ich bestellte ein Bier und beobachtete drei Fensterputzer beim Dartspielen. Ihre Gerätschaften standen in einer Ecke, offenbar machten sie Mittagspause. Ich hatte noch nie Dart gespielt, aber es war ein Sport nach meinem Geschmack. Man konnte Bier dabei trinken, und die körperliche Anstrengung hielt sich in Grenzen. Die Fensterputzer forderten mich zum Mitspielen auf, und das ließ ich mir nicht zweimal sagen. Die Pfeile zischten durch die Luft, das Bier floss ununterbrochen, ich war froh, in Trier zu sein.

Es wurde später, und die drei Fensterputzer machten keine Anstalten, ihre Mittagspause zu beenden. «Zu warm», sagten sie nur. Das fand ich sympathisch, wir hoben unsere Gläser und tranken Freundschaft. Irgendwann beschlossen wir, um Geld zu spielen. Am späten Abend hatte ich etwas über 50 D-Mark verloren. Die Fensterputzer meinten, sie müssten jetzt Feierabend machen. Ich war auch ziemlich erschöpft. Es war doch ein ganz schön anstrengender Sport.

Zurück in der WG, sollte ich mit Fernsehen gucken, aber ich hatte keine Lust. Man konnte förmlich sehen, wie Jeanette in ihrem Kopf weitere Minuspunkte für mich notierte. Aber selbst wenn ich gewollt hätte, ich war sogar fürs Fernsehen zu betrunken. In meinem Zimmer schlief ich noch auf dem Weg zum Bett ein.

Als ich erwachte, erinnerte ich mich, dass ich es mit der Immatrikulation gestern nicht mehr geschafft hatte. Zum Glück war es noch ziemlich früh, und ich machte mich erneut auf den Weg. Vor der Uni-Kneipe standen meine drei Freunde mit ihren Fensterputzutensilien und warteten, dass endlich aufgeschlossen wurde. Sie zeigten mit dem Finger zur Sonne, schüttelten den Kopf und sagten: «Zu warm.» Fand ich auch. Irgendwann musste es ja mal kühler werden, dann konnte ich mich immer noch einschreiben.

In den ersten drei Stunden gewann ich 20 D-Mark zurück. Am Ende des Abends machte sich das fehlende Training bemerkbar, und ich verlor 250 D-Mark. Zum Trost spendierten mir die Fensterputzer ein Abschiedsbier.

Mein Pech war, dass die Tage nicht kühler wurden. Aber vielleicht war es auch mein Glück. Möglicherweise wäre ich jetzt Philosoph und würde die Welt verstehen und trotzdem am Hungertuch nagen. Wenn man sich das mal vorstellt, an was für dünnen Fäden unser Schicksal hängt. Ein einziger kühler Tag hätte vielleicht gereicht.

Aber so folgten noch drei heiße Tage in der Uni-Kneipe, an

denen ich mein restliches Geld verlor. Es blieb ein Rest von 50 D-Mark, mit dem wollte ich alles wieder reinholen. Aber am vierten Tag blieben die Fensterputzer verschwunden. Ich wartete ein paar Stunden, vertrank das restliche Geld, dann gab es für mich keinen Grund mehr, in Trier zu bleiben.

Beim Abschied aus der WG machte ich wieder ein paar Pluspunkte bei Jeanette.

«Philosophie», schüttelt Frau Steputat den Kopf, nachdem ich ihr von meiner Trier-Erfahrung erzählt habe, «das ist doch nichts Handfestes.»

Erneut wandern zwei Bonbons in ihren Mund. «Da würden Sie wahrscheinlich auch hier bei mir sitzen, wenn Sie das Studium durchgezogen hätten.»

«Das kann gut sein», bestätige ich, während ich nervös auf die Bonbonpackung schiele. Sie scheint fast leer zu sein, und wer weiß, was mit Frau Steputats Laune passiert, wenn sie das bemerkt.

«Wissen Sie, was eigentlich immer gesucht wird?», fragt sie und gibt sich gleich selbst die Antwort: «Callcenter-Mitarbeiter!»

Strahlend sieht sie mich an, als hätte sie soeben das Ei des Kolumbus entdeckt.

Zum Glück muss ich mir gar keine Ausrede einfallen lassen, um sie von ihrer Idee abzubringen. Schließlich habe ich ein echtes Handicap.

«Ich würde das wirklich gern machen», sage ich mit gespieltem Bedauern, «aber ich bin schwerhörig. Ich verstehe am Telefon immer kaum was.»

Frau Steputat sieht mich skeptisch an. «Können Sie das eigentlich beweisen, das mit Ihrer Schwerhörigkeit?»

«Wie bitte?», versuche ich einen Scherz, der allerdings von ihr nicht gewürdigt wird. Also füge ich hinzu: «Ich kann gern eine Bescheinigung vom HNO-Arzt mitbringen.»

«Tun Sie das», sagt sie und macht sich eine Notiz.

Ich gehe in die Offensive: «Da fällt ja schon mal vieles flach wegen meiner Schwerhörigkeit. Alles, was mit Kundenkontakt zu tun hat zum Beispiel. Oder überhaupt jede Stelle, bei der es Mitarbeiter und Chefs gibt. Ich könnte ja Anweisungen falsch verstehen.»

Frau Steputat stellt fest, dass nur noch ein einziges Bonbon in der Tüte ist, und von einer Sekunde zur anderen verfinstert sich ihre Miene.

«Wollen Sie mich vergackeiern, Herr Naumann? Ich finde das nicht lustig! Und verlassen Sie sich drauf: wenn wir uns in drei Monaten wiedersehen, dann hab ich Arbeit für Sie, da können Sie sich schon mal drauf einstellen. Auf Wiedersehen!»

Mit Bauchschmerzen verlasse ich Zimmer 211, denn ich bin mir sicher, dass Frau Steputat mit ihrer Drohung Ernst machen wird.

Die Revolution muss warten

Die Sonne scheint zum Fenster rein und hält meinen Kaffee länger warm. Wenn ich jetzt meine Brille abnehme und sie geschickt so vors Fenster halte, dass sich die Strahlen auf der Kaffeetasse bündeln, könnte ich den Kaffee vielleicht zum Kochen bringen. Ja, ihn vielleicht sogar mit Hilfe der Brille verdampfen lassen, denn er schmeckt abscheulich. Es ist Billigkaffee, denn die «Krönung» von Jacobs ist was für die Besserverdienenden, sagt meine Frau, und recht hat sie.

Aber wie ich hier so sitze, und die Sonne scheint so schön durchs Fenster, und der Frühling erwacht mit all seinen Facetten, da stößt mir das plötzlich ganz schön sauer auf. Ist doch ungerecht! Die dicken Bonzen aalen sich in ihren Designer-Liegestühlen am Pool ihrer von meterhohen marmornen Mauern umzäunten Villen, schnipsen verkatert mit den Fingern nach dem Hausmädchen und sagen träge: «Margrit, noch 'ne Tasse Krönung, ja, mein Kopf, gestern Abend, der Whisky, oder nein, warte, bring mir 'ne Flasche Champagner, jetzt ist es sowieso egal!»

Ja, teuren Champagner trinken sie nämlich auch, diese Blutsauger, da geht's nahtlos mit der Schweinerei weiter.

Missmutig stehe ich auf und gucke in den Kühlschrank, gucke auf die drei Büchsen Ratskrone-Pils von Aldi und denke, dass mal wieder eine Revolution fällig wäre. Ich schnappe mir eine Büchse, das geschmackliche Äquivalent zum Billigkaffee. Es ist noch früh am Morgen, aber jetzt ist es auch egal, dieses System kann man nur im Suff ertragen.

Komisch: Da sitzt man jahrelang Tag für Tag beim Frühstück, trinkt dieses scheußliche Gesöff von Billigkaffee und fragt nicht nach Krönung, und plötzlich – bing! – merkt man: Moment mal, hier stimmt doch was nicht! So ähnlich ging es damals auch Friedrich Engels, nur andersrum, aber mit dem gleichen Resümee.

Angewidert trinke ich einen Schluck Ratskrone-Pils. Das dicke Kapitalistenschwein im Liegestuhl hat bestimmt schon die zweite Champagnerflasche geköpft und bekommt Lachshäppchen serviert von Margrit. Weg mit ihnen allen! Blut muss fließen! Krönung für alle!

Das Bier macht mich aggressiv. Ich bin total aufgeputscht und möchte sofort anfangen mit der Revolution. Ist ja nicht das erste Mal, hab ja schon eine mitgemacht, damals, 89. Kann also nichts schiefgehen, das Know-how habe ich.

Auf die Straße!, denke ich. So war es damals, so soll es heute sein! Ich sprinte die Treppen hinunter und auf den Gehweg, aber der ist bis auf eine streunende Katze leer. Nur ein paar Insassen des Altenheims schräg gegenüber sitzen im Garten und genießen ihren Kaffee. Sie lächeln dabei, wahrscheinlich trinken sie die «Krönung». Auf sie kann ich nicht zählen.

Ratlos laufe ich ein paar Schritte, dann sehe ich ihn, einen betrunkenen Mann um die fünfzig, der kreisförmig schwankt, links, vor, rechts, zurück. So wie diese Stehaufmännchen, die eine Halbkugel als Unterleib haben. Die Ärmel seines grünen Parkas reichen bis kurz über seine Ellbogen, und obwohl er ständig daran zupft, werden sie nicht länger. Zu seinen Füßen steht eine schmutzige Aldi-Tüte, ein paar Büchsen Ratskrone-Pils sind zu sehen. Wer, wenn nicht er und ich, könnte die Revolution auslösen?

«Mensch!», schreie ich ihn an. «Revolution, mach mit!»

«Ja, ja», sagt der alte Mann zustimmend. Gemeinsam ziehen wir los. Jetzt geht's der Bande an den Kragen, jetzt wird aufgeräumt.

Wir sind noch nicht weit gelaufen, fünf oder zehn Meter, da kommt uns meine Frau entgegen, mit zwei Einkaufstaschen in der Hand.

«Was hast'n da?», frage ich.

Sie lächelt. «Sieh mal», sagt sie, «wir hatten einen Dreier im Lotto» – und bringt eine Packung Jacobs «Krönung» zum Vorschein, und, wunderbar, drei Büchsen Schultheiss seh ich da auch in einer der beiden Taschen. Kein Champagner zwar, aber ein Schritt in die richtige Richtung.

Ich hole eine Dose Schultheiss raus und stecke sie dem alten Mann zu.

«Tut mir leid, Alter», sage ich, «die Revolution muss warten, vielleicht ein andermal.»

Strom aus dem Wasserhahn

Weil ich selbst unfähig bin, einer geregelten Arbeit nachzugehen – ich weiß das, und Frau Steputat wird das auch noch begreifen –, habe ich große Berührungsängste gegenüber jenen Menschen, die durch unglückliche Umstände dazu gezwungen sind, acht oder mehr Stunden am Tag für einen Arbeitgeber zu schuften.

Eine Mischung aus Bewunderung und Ehrfurcht erfasst mich, wenn ich in Kontakt mit der werktätigen Bevölkerung komme. Vor allem dann, wenn es sich um eine Dienstleistung für mich handelt. Normalerweise versuche ich deshalb, gar keine Dienstleistungen in Anspruch zu nehmen, aber manchmal geht es nicht anders. So wie heute. Ich bin ganz aufgeregt und husche in der Wohnung herum, schüttle die Sofakissen noch mal zurecht, drücke mir den Pickel auf der Nase aus und ordne die Fransen des Läufers im Badezimmer. Fünf vor drei, gleich muss er kommen, der Elektriker. Elektriker sind ja die Picassos unter den Handwerkern, sie löten Schaltkreise, erden da ein Kabel und klemmen dort was ab, und am Ende fliegt der Toast wieder aus dem Toaster. Ich nenne das Kunst. Zumal ich von Elektrik nur so viel verstehe, dass das Licht angeht, wenn ich auf den Schalter drücke. Normalerweise erledigt meine Frau diesen Kram und empfängt die Jungs von der Gasag, den Berliner Gaswerken, den Schornsteinfeger, die Heizungsleute, Waschmaschinenreparateure und eben Elektriker. Aber heute kann sie nicht. Hat mich allein gelassen und mir nicht gesagt, wie man sich verhält so jemandem gegenüber. Dabei gibt es massenweise Fettnäpfchen, in die man treten kann. Bleibt man danebenstehen, während sie arbeiten, oder stört die das? Vielleicht erwarten die sogar, dass man ihnen hilft? Oder bietet man erst mal Kaffee und Schnittchen an, um eine Vertrauensbasis herzustellen? Und gibt man Trinkgeld, wenn sie ihre Arbeit korrekt gemacht haben?

So viele Fragen. Ich bin dieser Herausforderung nicht gewachsen. Und das alles, weil die Kinder behaupten, aus dem Wasserhahn würde Strom kommen. Es hat so gekribbelt, meinten sie, als sie sich neulich die Hände gewaschen hatten. Ich habe das natürlich nicht geglaubt. Angefasst habe ich sie trotzdem nicht, man kann ja nie wissen. Am Ende hatten sie vielleicht recht, und etwas von dem Strom war noch in ihnen drin.

So, jetzt muss er aber kommen. Zwischen 8 und 15 Uhr hatten sie gesagt, jetzt sind es zehn Minuten nach drei. Und ich bin seit sieben Stunden hibbelig wie eine hyperkinetische Hummel auf Koks. Tief durchatmen, Robert! Sicher muss ich auftreten, nicht so verkrampft, und vor allem so, als ob ich täglich Elektriker bei mir empfange. Wer weiß denn, was für ein Menschenschlag das ist? Nachher gefällt ihm meine Nase nicht, und er setzt die ganze Wohnung unter Strom.

Es klingelt. Herr im Himmel, das ist er. Das muss er sein. Kabel-Peter, Schaltkreis-Rolf, Strom-Egon, wie immer er heißen mag, es ist der Elektriker. Ich spreche in die Gegensprechanlage:

«Wer ist da?»

«Elektriker!»

Ein Mann der knappen Worte. Ein Satz ohne Personalpronomen, ohne Artikel. «Elektriker!» Scheiße, es könnten mehrere sein!

«Ah, der Elektriker», sage ich, weil ich ziemlich sicher bin, dass so etwas erwartet wird. Dann drücke ich den Summer. Hm, sollte ich die Wohnungstür jetzt schon öffnen oder ihn noch mal oben klingeln lassen? Das eine könnte aufdringlich und einschleimend wirken, das andere grob und unhöflich. Ein Kompromiss bietet sich geradezu an. Ich gucke durch den Spion, und als er die letzten drei Stufen in Angriff nimmt, mache ich die Tür auf. Ein 1,60 Meter kleines Männchen geht wortlos an mir vorbei, stellt sich in die Mitte der Diele und fragt: «So, was nun und wo?»

Die Schnittchen und den Kaffee kann ich mir schenken, er ist nicht der Typ für so was. «Ja, ähm», sage ich und habe Mühe, es glaubhaft rüberzubringen, «aus dem Wasserhahn im Bad kommt Strom!»

Er sieht mich an, als hätte ich ihm überzeugend vermittelt, dass ich mich ganz nah am Rande des Schwachsinns bewege. Dann zeigt er mit dem Finger auf die Badtür und schaut mich fragend an. «Ja», helfe ich ihm, «das ist die Badtür!»

Er verschwindet hinter dieser Tür, ich bleibe unschlüssig in der Diele stehen. Plötzlich ein zischendes Geräusch, ein Schrei. Etwas wankt aus dem Bad. Wer ist das? Ich dachte, das gibt's nur in Comics, dieses schwarze Gesicht, die hochstehenden Haare und zerfetzten Kleider. So sehen die Leute in Comics aus, wenn sie in die Steckdose fassen oder vom Blitz getroffen werden.

«Hatten recht!», sagt Strom-Peter. Was immer der Strom mit ihm gemacht hat, das Sprachzentrum scheint nicht beschädigt.

«Und was jetzt?», frage ich.

«Kaffee!», antwortet er. Dann ringt er eine Weile mit sich und fügt hinzu: «Bitte!»

Der Kaffee schmeckt irgendwie komisch, allerdings steht er auch seit über sieben Stunden auf der Heizplatte. Aber meinem stromgebeutelten Elektriker scheint das nicht aufzufallen, vielleicht schmeckt ja nach einem Stromschlag einfach alles nur nach Strom.

Er trinkt den Kaffee schweigend aus und verschwindet wieder im Bad. Bewundernswert. Eben noch knapp dem Tode entronnen, stürzt er sich wieder in den Kampf mit den elektrischen Teilchen. Ich glaube, er macht das nicht, weil es sein Arbeitgeber von ihm erwartet, sondern weil das eine ganz persönliche Herausforderung ist. Er will dem Strom zeigen, wer die Hosen anhat.

Angstvoll warte ich darauf, wieder dieses Geräusch zu hören. Wie würde er diesmal wohl aussehen? Oder würde er einfach zu einem Häuflein Asche zerfallen, auch das passiert in manchen Comics?

Nach zehn Minuten kommt Strom-Peter wieder und erklärt mir die Ursache. Den wenigen abgehackten Wortbrocken, die er mir hinschmeißt, kann ich entnehmen, dass bei einer Steckdose, die mit der Waschmaschine verbunden ist, irgendwas nicht abgeklemmt war und darum die Waschmaschine unter Strom stand, welche wiederum mit dem Waschbecken verbunden war.

«Wir hätten alle sterben können», bemerke ich geschockt.

«Jetzt nicht mehr!», erklärt Strom-Peter stolz. Er hat die Schlacht gegen die Elektrizität erfolgreich geschlagen. Es scheint ihn direkt glücklich zu machen, eine Tatsache, die mich ziemlich verwirrt. Geht das zusammen – den ganzen Tag arbeiten und Empfindungen wie Glück und Stolz? Offenbar steht der lebende Beweis direkt vor mir.

Andererseits scheint mir die Verhältnismäßigkeit nicht gegeben. Sich ständig lebensgefährlichen Situationen auszusetzen, nur um am Ende eines langen Tages eventuell ein paar Glücksmomente zu erleben, erscheint mir deutlich zu viel Aufwand.

Aber glücklich bin ich nun auch, nämlich darüber, meinen ersten Elektrikerkontakt heil überstanden zu haben. Strom-Peter nickt nur kurz, als wir uns verabschieden. «Einen schönen Feierabend», rufe ich ihm hinterher. Er bleibt kurz auf der Treppe stehen, dreht sich zu mir um und schüttelt traurig den Kopf. «Verheiratet, vier Kinder», sagt er und verschwindet endgültig. Was für ein tragischer Held.

In Zimmer 211

Vielleicht sollte ich die Frage nicht stellen, es wäre möglich, dass Frau Steputat sich provoziert fühlt und womöglich auf dumme Gedanken verfällt. Aber seit ich erfahren habe, dass es normalerweise üblich ist, im Halbjahresrhythmus bei seinem PAP zu erscheinen, interessiert mich doch, weshalb das bei mir anders ist.

«Warum muss ich eigentlich alle drei Monate zu Ihnen kommen?», frage ich schließlich doch.

«Herr Naumann», sagt Frau Steputat augenrollend und im Tonfall einer Lehrerin, die ihrem Schüler zum fünften Mal erklären muss, dass Punktrechnung vor Strichrechnung geht. Und dann wiederholt sie nochmals meinen Namen, bevor sie zu einer Erklärung ansetzt: «Herr Naumann, weil ich mich um Sie ganz besonders kümmern muss. Sie machen auf mich nicht den Eindruck, unter Einsatz all Ihrer Kräfte Ihre Arbeitslosigkeit beenden zu wollen. Da kann Ihnen ein bisschen Feuer unter dem Hintern bestimmt nicht schaden. Und ich hatte Ihnen beim letzten Mal versprochen, dass wir heute Nägel mit Köpfen machen.»

Oh nein, denke ich, während Frau Steputat mit einem Mausklick mein Todesurteil ausdruckt beziehungsweise ein Stellenangebot. «Ich habe mir noch mal Ihre Akte angesehen», sagt sie, «Sie waren doch ein Jahr bei der Post. Und die PIN Mail AG sucht gerade Mitarbeiter, das passt wunderbar.»

«Ich weiß nicht, das ist ja schon ewig her, das mit der Post», entgegne ich, «und die PIN AG bezahlt doch so schlecht. Bei der Post damals, da hab ich noch richtig gut verdient ...»

Paketewerfen versus Paketelegen (Kennt eigentlich in Kanada jemand Rudi Carrell?)

Vielleicht war meine Mutter sauer, dass ich die 1000 D-Mark, die sie mir zur Begleichung meiner Mietschulden bei meiner Schwester in Berlin geliehen hatte, beim Biertrinken und Dartspielen in Trier verloren hatte, jedenfalls hatte sie mir nach meiner Rückkehr nach Chemnitz einen Job als Mädchen für alles bei der Post besorgt, im Dreischichtsystem, unbefristeter Arbeitsvertrag, inklusive Schicht-, Nacht- und Erschwerniszuschlag 2600 D-Mark brutto, so einfach war das damals 1991.

Die Chemnitzer Hauptsortierstelle der Post war ein riesiges Gebäude, an dessen Hinterfront Gleise verliefen und wo täglich Züge mit Tausenden Paketen anrollten. Meine Aufgabe bestand im Wesentlichen darin, immer dort auszuhelfen, wo gerade jemand gebraucht wurde. Das konnte am Fließband sein, auf das die Pakete geschmissen wurden und wo ich lernte, dass man Pakete mit der Aufschrift «Vorsicht, zerbrechlich!» oder «Vorsicht, Glas!» mit besonders viel Pfeffer und aus großer Höhe auf das Fließband zu knallen hatte. Das war ein ungeschriebenes Gesetz, um den Empfängern der Pakete zu zeigen, dass Konsum nicht glücklich macht. Und im Jahr 1991 gab es viele «Vorsicht, Glas!»-Pakete. Wohl nie wieder wurden dermaßen viele Pakete verschickt wie damals, Weihnachten nahte, und der Großteil der Ostdeutschen verdiente so viel Geld wie nie zuvor im Leben. Quelle- und Otto-Kataloge wurden akribisch studiert, und meistens reichte der beigelegte Bestellschein nicht aus, um alle gewünschten Artikel anzukreuzen.

Waren alle Pakete aufs Fließband geworfen und für kurze Zeit kein Nachschub in Sicht, schlenderte ich zur Päckchensortierstelle. Dort kamen durch eine große Rutsche die Päckchen angesaust, welche von den Frauen eine Etage höher vorsortiert worden waren. Sie fielen in einen Behälter, von wo ich sie weiter nach Postleitzahlen zu ordnen hatte. Manchmal kam es vor, dass zwanzig Minuten oder länger nichts passierte, sodass ich die Gelegenheit nutzte, aufs Klo zu gehen oder in den Pausenraum. Oft war bei meiner Rückkehr der Behälter übergelaufen von Damenbindenproben der Marke «Always Ultra», die damals an jedes weibliche Wesen in Ostdeutschland verschickt wurden, um die potenziellen neuen Kundinnen von den Vorzügen des Produkts zu überzeugen. Das Problem war die Verpackung dieser Damenbindenproben, eine Plastikhülle, die partout nicht rutschen wollte, sodass sich die Binden auf der Rutsche stauten und immer mit einem Mal zu Hunderten hinabpurzelten. Und natürlich stets dann, wenn man gerade nicht da war. Überflüssig zu erwähnen, dass genau in diesen Momenten immer einer der Chefs vorbeikam.

Am liebsten war mir die Spätschicht, wenn ich Paketautos beladen durfte. Als versierter Tetris-Spieler hatte ich die Pakete in null Komma nichts perfekt gestapelt, sodass ich Zeit genug hatte, um im Pausenraum mit den Kollegen beim Skat ein Bier oder zwei zu trinken. Es gab im gesamten Betrieb unter den vielleicht hundert Mitarbeitern nur zwei oder drei, die nicht während der Arbeitszeit tranken, Freaks, die nicht in der Lage waren, sich ins Kollektiv einzuordnen.

Alles in allem fühlte ich mich erstaunlich wohl, da es mir schnell gelang, mich anzupassen. Ich lernte, dass das Bier, welches man um sechs Uhr morgens zur Frühschicht in der Umkleidekabine trank, nicht schmeckte, man es aber besser trotzdem irgendwie runterwürgte. Ich lernte, dass man das Bier direkt am Arbeitsplatz immer versteckt halten musste, weil es einem sonst die Gruppen- und Schichtleiter wegnahmen und selbst tranken. Und ich lernte, dass eine Flasche Wein vor der Nachtschicht half, die deprimierend lange Nacht besser zu überstehen.

Am wichtigsten aber war es, nicht völlig betrunken zu werden, sonst erging es einem womöglich wie den beiden Kollegen, die völlig berauscht am Fließband ein Fresspaket eines Delikatessenversands öffneten und den Inhalt an Ort und Stelle verzehrten. Oder dem Kollegen, der im großen Stil Päckchen mit Kosmetikartikeln aus dem Postgebäude schmuggelte, weswegen wir uns zwei Wochen lang täglich zum Feierabend in einer langen Schlange anstellen mussten und gefilzt wurden. Man fand die Ware schließlich in der Wohnung des Kosmetikfans, etwa zweihundert Dosen und Tuben, und allesamt ungeöffnet. Es wurde nie bekannt, was er damit vorgehabt hatte. Aber ich glaube, das war einer der Kollegen, die nicht tranken, einer von den Freaks.

Trotz dieser kleinen Zwischenfälle lief der Betrieb auch in Hochzeiten wie geschmiert. Bis der Mann aus dem Westen kam. Es war damals üblich, Führungskräfte aus dem Westen, die im eigenen Betrieb aufgrund von Unfähigkeit nicht mehr tragbar waren, in ostdeutsche Betriebe zu delegieren, um sicherzustellen, dass diese nicht konkurrenzfähig wurden.

Schon bevor wir den Mann aus dem Westen kannten, waren wir uns darin einig, dass er mit Abstand der widerlichste, dümmste und hässlichste Kotzbrocken sein würde, dem wir je begegnet waren. Und natürlich hatten wir recht. Eine Wolke von Arroganz umhüllte ihn, wenn er durch die Halle stolzierte, die flinken, aber seelenlosen Augen immer auf der Suche nach optimierungsbedürftigen Arbeitsabläufen. So hieß es plötzlich, die Pakete sollten nicht mehr auf das Fließband geworfen, sondern gelegt werden. Die meisten konnten das gar nicht, selbst wenn sie gewollt hätten, da ihnen die jahrelange Abwurfbewegung so in Fleisch und Blut übergegangen war, dass sich ihre Körper der neuen Legetechnik verweigerten. Die entleerten Rollwagen, auf denen die Pakete transportiert wurden, sollten zwecks Platzersparnis anders ineinandergeschoben werden, Besen wurden uns in die Hände gedrückt, um die Halle zu kehren, langjährige Schichtleiter wurden durch andere ersetzt. Und zur Krönung wurden plötzlich Abmahnungen verteilt, wenn man beim Biertrinken erwischt wurde.

Ein ganzer, bisher tadellos funktionierender Betrieb geriet völlig aus dem Gleichgewicht. Zum Biertrinken mussten wir uns nun in den Umkleideräumen verbergen, was den Arbeitsablauf ein ums andere Mal ins Stocken brachte. Kollegen meldeten sich krank, weil sie sich beim Paketelegen Zerrungen geholt hatten. Während wir die Halle kehrten, kamen Züge an, die dringend entladen werden mussten. Aber ein paar von uns hielten sich an die Weisung des Chefs. Wir sollen kehren, ließen wir verlauten, wenn die Kollegen uns zum Paketeentladen aufforderten, und schwangen lachend weiter die Besen. Der Mann aus dem Westen tobte, als er davon erfuhr, und auf Weisung von noch weiter oben durfte er uns nie wieder kehren lassen.

Als ich zwei Wochen nach diesem Zwischenspiel zu den Paketboten versetzt wurde, hatte der Mann aus dem Westen graue Haare bekommen und führte Selbstgespräche, während er tief gebückt weiter seine Runden durch die Halle zog. Meine Versetzung hatte einen Grund: Da die Paketboten die Auslieferung der gewaltigen Mengen Päckchen in diesen Zeiten der enormen Katalogbestellungen nicht mehr alleine bewältigen konnten, wurden ihnen Beifahrer an die Seite gestellt. Einer davon war ich.

Wir Beifahrer mussten uns früh in der Halle einfinden und darauf warten, dass wir den Hauptfahrern zugeteilt wurden. Die Zuteilung der zwei mosambikanischen Studenten scheiterte immer wieder daran, dass die Hauptfahrer sich weigerten, mit einem «Neger» unterwegs zu sein, was aber ohne Probleme akzeptiert wurde. Auch die letzten beiden Fahrer, die auf einen «richtigen» Beifahrer gehofft hatten, nahmen lieber doppelte Arbeit in Kauf, als die «Neger» mitzunehmen. «Tja», sagte der Zuteiler zu den beiden Studenten, «heute nix Arbeit, nix Geld!»

«Gäbe es denn eine Möglichkeit», fragte einer der Studenten, «uns irgendwo anderweitig einzusetzen?»

«Nix Arbeit, nix Geld!», wiederholte der Zuteiler, nun augenrollend und ungeduldig, offenbar hatten diese «Neger» ihn nicht verstanden.

Mit der richtigen Hautfarbe gesegnet, durfte ich nun als Beifahrer Pakete ausliefern. Etwas Sorgen machte mir, dass es auch bei den Fahrzeugführern verpönt war, antialkoholische Getränke zu sich zu nehmen, sodass ich meinen Nebenmann nicht nur einmal während der Fahrt wecken musste, da er trunken am Steuer eingenickt war. Zum Dank überließ Martin mir die Nachnahmesendungen, da bei diesen oft ein gutes Trinkgeld heraussprang. Und tatsächlich machte ich an manchen Tagen 20 bis 30 D-Mark, zusammen mit meinem ohnehin erstaunlichen Gehalt unglaubliche Summen Geld. Ich war nie wieder so reich wie damals bei der Post.

Das erhaltene Nachnahmegeld lieferte ich zusammen mit den Belegen bei Martin ab. Etwas irritierte mich die Tatsache, dass er nur etwa die Hälfte des Geldes und der Scheine in den dafür vorgesehenen Umschlag steckte, während die andere Hälfte in seiner Tasche verschwand. Dabei grinste er mich vielsagend an und hielt sich den Zeigefinger an die Lippen, was wohl «Pst, nichts verraten» heißen sollte. Nachdem man ihn später überführte, habe ich mich oft gefragt, ob er wirklich daran geglaubt hatte, damit durchzukommen. Ich hatte Martin allerdings nicht verraten, sondern ihm wirklich die Daumen gedrückt.

Mein nächster Fahrer war Hans, der nach eigener Aussage verblüffend echt Rudi Carrell imitieren konnte. Sein Traum war, den Paketbotenjob hinzuschmeißen und als Rudi-Carrell-Imitator durch Kanada zu ziehen. Wegen der Wahnsinnslandschaft dort. Um ihn nicht aus seinen Träumen zu reißen, machte ich ihn nicht auf den wahrscheinlich sehr geringen Bekanntheitsgrad Rudi Carrells in Kanada aufmerksam.

Außerdem beherrschte er nur den einen Rudi-Carrell-Satz: «Das wäre Ihr Preis gewesen», bei jedem anderen Satz kam sein sächsischer Dialekt durch, weswegen er auch sehr oft «Das wäre Ihr Preis gewesen» von sich gab, ob es nun gerade passte oder nicht. «Das wäre Ihr Preis gewesen», sagte er, wenn er ein Paket auslieferte, er sagte es, wenn ich ihn fragte, wie spät es sei, und er sagte es, wenn er am Imbissstand den Kaffee bezahlte. Trotzdem war Hans rückblickend in meiner nun fast zwanzigjährigen Karriere als Gelegenheitsarbeiter der beste Kollege, den ich je hatte. «Das wäre Ihr Preis gewesen», sagte er, als wir uns einen Tag vor Weihnachten verabschiedeten, denn ich wurde wieder zurück ins Postgebäude beordert.

Der Mann aus dem Westen war inzwischen krankgeschrieben, und alles lief wieder in geordneten Bahnen. Da auch der Paketversandwahnsinn allmählich wieder abflaute, gehörten die Nachtschichten nun zu einem Großteil dem Skatspiel, bei dem ich meinen kurzzeitig erworbenen Reichtum wieder verlor. Trotzdem blieb genug übrig, um meine Mietschulden zu tilgen und mir im April eine Fahrkarte nach Berlin zu kaufen.

Die Personalsachbearbeiterin bei der Post war ganz betroffen, als ich ihr die Kündigung auf den Tisch legte. Kündigen, um zu studieren, was hatte ich denn für Flausen im Kopf? Auch ich war mir nicht sicher, ob es nicht klüger gewesen wäre, noch ein halbes Jahr auszuhalten und mich dann einfach arbeitslos zu melden. Mir war immer noch nicht klar, für welches Studienfach ich mich einschreiben sollte, und wer weiß, was passierte, wenn mir wieder die Uni-Kneipe ins Gehege kam.

Wie ich mal beinahe in den ersten Arbeitsmarkt integriert worden wäre

«Geh doch selbst da arbeiten, du blöde Ziege. Ich lehn das ab. Aus politischen Gründen.» Diese Sätze lagen mir bereits auf der Zunge, als mir Frau Steputat das Stellenangebot der PIN AG unterbreitete. Aber dann hielt ich inne. Sicherlich, man hatte so einiges gelesen über die PIN AG. Nichts Gutes dabei. Betriebsräte wurden nicht zugelassen, es gab Bußgeldkataloge für verschiedene Vergehen der Arbeitnehmer und Stundenlöhne von unter acht Euro brutto. Aber wäre es nicht fair, selbst dieser Kapitalistenschweinebande eine zweite Chance zuzugestehen und mich mit eigenen Augen als Arbeitnehmer davon zu überzeugen, was Sache ist?

«Okay, ich bewerb mich da mal», sagte ich und hielt meiner Sachbearbeiterin die offene Handfläche entgegen. Mit einem lauten Klatschen schlug sie ein, gleichzeitig begeistert und irritiert, dass ich so gar keinen Widerstand zeigte. Auch ich war immer noch ein wenig verblüfft über mich selbst, als ich Frau Steputats Zimmer und das JobCenter verließ.

Ein Bewerbungsgespräch bei der PIN AG fand eigentlich nicht statt, als ich mich einen Tag später in der Winsstraße in Prenzlauer Berg einfand. Ich wurde lediglich von der übereifrig wirkenden Personalsachbearbeiterin gefragt, ob ich sofort anfangen könne. Mit ungläubigem Staunen registrierte ich, wie sich offenbar gleichzeitig meine Lippen, die Zunge, Zäpfchen und Kehlkopf von meinem Gehirn abkapselten und in Eigenverantwortung das Wort «Ja» artikulierten. «Äh, ich meine eigentlich nein», versuchte ich die Kurve zu kriegen, als die Verbindung zum Gehirn wiederhergestellt war. Aber es war zu spät. Sie hatte mir bereits einen Zettel in die Hand gedrückt, auf dem die Adresse der Kontaktperson stand, bei der ich mich noch am gleichen Tag zu einem Probetag melden sollte.

Es war etwa zwölf Uhr mittags, ich war müde und hatte eigentlich vorgehabt, mich nach meinem Bewerbungsgespräch wieder ins Bett zu legen. Nun sollte ich um 14.30 Uhr an meinem Arbeitsplatz erscheinen und bis abends 19.30 Uhr einen Probetag mitmachen. Mein Leben war völlig aus den Fugen geraten. Innerlich total aufgewühlt, musste ich schließlich los, zur Greifswalder Straße, Ecke Marienburger Straße. Schon von weitem blendeten mich die neongrünen Brieftaschen auf den Fahrrädern, welche in Reih und Glied vor dem PIN-AG-Shop standen. Am liebsten hätte ich kehrtgemacht, allein der vielen neuen Aufregung wegen, dann wagte ich mich aber doch in die Höhle des Löwen.

Mein Ansprechpartner war ein junger Schnösel, der mein Sohn hätte sein können. Er sagte «Du» zu mir. Zu diesem Zeitpunkt war die Aktion PIN AG bereits für mich gestorben, da offenbar obendrein auch versäumt worden war, frischen Kaffee aufzubrühen und mir welchen anzubieten. Immerhin war ich ein potenzieller neuer Mitarbeiter, der umworben werden wollte. Ich war davon ausgegangen, mit dem Geschäftsführer zunächst bei Kaffee und Gebäck ein wenig zu plaudern, um Vertrauen aufzubauen. Und für selbstverständlich hielt ich es, dass ich meinen Kollegen persönlich vorgestellt wurde, vielleicht abschließend mit einem Willkommensapplaus der Mitarbeiter. Stattdessen dieser Handlanger, der plump anbiedernd einen auf Kumpel machte. «Also», sagte er zu mir, «du fährst heute bei der Kollegin Müller mit und lässt dich von ihr einarbeiten.»

Mein Herz machte einen Sprung, denn natürlich hatte ich meine Blicke bereits über die etwa zehnköpfige Mitarbeiterschar gleiten lassen, um eventuell darunter befindliche Schnecken ausfindig zu machen, und mit Schnecken meinte ich nicht diese wirbellosen Weichtiere. Ich wurde fündig. Es gab da offenbar nur eine weibliche Mitarbeiterin, und das war eindeutig eine richtig süße kleine Schnecke. Meine Motivation kehrte blitzartig zurück. Das musste Kollegin Müller sein, und ich würde bei ihr mitfahren!

Ich ging auf sie zu, als mich das Muttersöhnchen am Ärmel festhielt und mit einer Handbewegung in eine dunkle Ecke des Raumes wies, aus dem sich nun ein Schatten erhob. «Kollegin Müller», stellte er vor und verschwand.

Sie war nicht Frankensteins Monster, aber sie hatte sich nicht zu Unrecht im Schatten versteckt. Auf jeden Fall war sie keine Schnecke.

«Na, dann wollen wir mal», sagte sie und setzte sich ein PIN-AG-Basecap auf, was ich für eine ziemlich gute Idee hielt. Ich sah jetzt nur noch die Hälfte ihres Gesichts.

Wir gingen nach draußen, und sie zeigte mir mein Fahrrad. Was, nur fünf Gänge? In meinen Träumen hatte ich mich schon durch die Stadt rasen sehen, zu schnell, um überhaupt erkannt zu werden, bald nur noch als das Briefträgerphantom auch über die Grenzen Berlins hinaus bekannt. Aber mit dieser Mühle würde das nichts werden.

«Und», fragte ich genervt, «wo fahren wir hin?»

«Tour 7, also erst in die Danziger bis Schönhauser, dann Eberswalder, Brunnenstraße, Invalidenstraße und so weiter.»

«Geht nicht», sagte ich, «in der Gegend wohnen Leute, die mich kennen.»

Weder verstand Kollegin Müller mein Problem, noch konnte sie mir helfen. Doch für mich war diese Strecke voller Gefahren. Wenn mich nur einer meiner Bekannten auf einem PIN-AG-Fahrrad sah, war mein Image vom «Kämpfer gegen den Zwang zur Lohnarbeit» dahin.

Immerhin nahm ich seit einigen Jahren regelmäßig am 2. Mai, dem Kampf- und Feiertag der Arbeitslosen, an der Demonstration gegen den Zwang zur Lohnarbeit teil. Die Surfpoeten, eine Berliner Lesebühne, hatte diese ins Leben gerufen, und als Zuhörer bei ihren Veranstaltungen war ich in Kontakt mit den Akteuren gekommen, deren politische Ansichten mir sehr sympathisch waren. Der Begriff «Arbeit» musste neu definiert werden, darin waren wir uns einig. Bei einer immer mehr zunehmenden Automatisierung von Arbeit war es unverständlich, dass dem Achtstundentag noch so große Bedeutung beigemessen wurde und Menschen von den JobCentern gezwungen wurden, schlecht bezahlte und sinnlose Arbeit zu verrichten, die sie unglücklich machte. Und klar war auch, dass man dieses System unterstützte, wenn man bei einem Unternehmen tätig war, das sich durch Niedriglohnpraxis einen Namen gemacht hatte. Wie die PIN AG.

Aber das konnte ich Kollegin Müller wohl kaum verklickern. Es half nichts, die Tour musste gefahren werden, und ich musste mit. Die folgenden vier Stunden verbrachte ich in permanenter Angst, entdeckt zu werden. Die Gefahr bestand zumindest nicht bei den Kunden, zu denen wir radelten. Wir holten fast ausschließlich Post aus prachtvollen Anwaltskanzleien ab, in denen es in allen Räumen funkelte und glitzerte von den Edelsteinen, mit denen die Wände tapeziert waren. Oder aus riesigen Künstlerateliers, die so groß waren, dass wir mit dem Fahrrad hindurchfahren konnten. In einem Studio, das bis auf eine Skulptur in einer Ecke komplett leer war, brauchten wir eine halbe Stunde, bis wir die Künstlerin gefunden hatten. Und diese erklärte uns dann, sie hätte heute keine Post zum Mitnehmen für uns.

Wir holten Briefe von Immobilienfirmen und anderen milliardenschweren Unternehmen ab, und wir steckten stapelweise

Postkarten in unsere grünen Taschen, die in einem völlig überheizten Loft für uns bereitlagen. Hier hatte der Radiosender MotorFM seine Zentrale. Da saßen junge Kreative an ihren PCs und spielten Solitaire. So hatte ich mir das immer vorgestellt. Klischee pur. Sie waren wirklich alle extrem jung und gutaussehend und außergewöhnlich schick angezogen. Außerdem lächelten sie die ganze Zeit. Sie hatten es geschafft. Mich gruselte vor ihnen.

Ich tat so, als würde ich nicht zu Kollegin Müller gehören. Was bedeutete: Ich stand einfach nur ziemlich cool rum. Aber ausgerechnet da, bei diesen erfolgreichen jungen Leuten, fing sie an, mir etwas beibringen zu wollen. Bisher hatte ich immer nur zugeschaut, wenn sie die Kuverts einsteckte. Dabei hatte ich beobachtet, dass man die Briefe nämlich unterscheiden musste zwischen dem Standardbrief (bis 20 g), dem Kompaktbrief (bis 50 g) und dem Maxibrief (bis 500 g).

«Jetzt kannst du mal abwiegen!», brüllte sie durchs ganze Loft. Die Solitaire-Spiele wurden augenblicklich unterbrochen, es war ungleich amüsanter, dem Grünschnabel da von der PIN AG zuzusehen. Ich versuchte, die Schreiben so lässig wie möglich auf die von uns mitgeführte Briefwaage zu schmeißen, glaubte aber, dass es trotzdem nicht besonders entspannt rüberkam. Immerhin war Kollegin Müller zufrieden und meinte, ich hätte das gut gemacht. Am Anfang würde ja so viel Neues auf einen einströmen, das könne man sich gar nicht alles merken. Da brauche man Jahre dafür, bis man nicht mehr ständig auf die Tabelle gucken müsse, wie schwer ein Kompaktbrief sein dürfe. «Genau», sagte ich, «das war jetzt ein bisschen viel auf einmal für mich, ich würde gern erst mal wieder nur zuschauen.»

Wir fuhren weiter unsere Tour und hatten nur noch drei Kunden abzuklappern, als sie plötzlich wie der Teufel bremste, vom Fahrrad sprang und etwa zehn Meter zurückrannte. Dann bückte sie sich und hob etwas auf, das sich als Zweicentmünze entpuppte, welche sie mir triumphierend und mit leicht zittrigen Fingern vor die Nase hielt.

«So sind schon über zehn Euro zusammengekommen, seit ich dabei bin», erklärte sie stolz. «Und das in nur drei Jahren.»

«Das ist ja ein hübsches Sümmchen», äußerte ich meine Bewunderung über ihre Cleverness, sich auf diese einfache Art und Weise in den drei Jahren ihrer PIN-AG-Zugehörigkeit jährlich über 3,33 Euro dazuverdient zu haben. Quasi während der Arbeitszeit.

Als wir zum PIN-AG-Shop zurückkehrten, wurde es bereits dunkel. Es war immer noch kein Kaffee für mich da, dafür lächelte mir die Schnecke kurz zu. Während Kollegin Müller die Briefe sortierte, fragte mich der Schnösel, wie es gewesen sei. Ob ich gut mitgekommen wäre mit dem Fahrrad, ob ich mir zutrauen würde, irgendwann die Tour auch alleine zu fahren. Diesmal ließ mich mein Gehirn nicht im Stich. «Nö», sagte ich, obwohl das wahrscheinlich bedeutete, demnächst Post von Frau Steputat im Briefkasten zu haben. Diese Chance, mir erneut die Bezüge zu kürzen, würde sie sich nicht entgehen lassen.

In Zimmer 211

« Das schlägt doch dem Fass den Boden aus ! »

Frau Steputat haut mit der flachen Hand auf den Tisch, und mich würde nicht wundern, wenn sie gleich aufsteht und mir die Ohren langzieht.

« Aber ich kann dieses Lohndumping nicht unterstützen », versuche ich zu erklären, warum ich mich bereits nach dem Probetag wieder von der PIN AG verabschieden musste.

« Reich geworden wären Sie nicht, das stimmt. Aber Sie hätten was auf der Hand gehabt, durch Ihre Arbeit ! Jetzt haben Sie bald gar nichts mehr, weil ich wieder kürzen muss. 30 Prozent diesmal, aufgrund grober Pflichtverletzung. »

« Frau Steputat », sage ich freundlich und lege unauffällig eine wohlweislich mitgebrachte Tafel Schokolade auf ihren Schreibtisch, da ich auf diesem keine Süßwarenvorräte entdecken kann, die sie sanft stimmen könnten. « Ich kann so schlecht bezahlte Arbeit nicht machen. Das ist mit meiner politischen Überzeugung nicht zu vereinbaren. Stellen Sie sich vor, Sie würden einen überzeugten Vegetarier zwingen, ein Stück Fleisch zu essen, so ungefähr ist das. »

Frau Steputat hat die Schokolade inzwischen bemerkt, zögert aber noch. Der Appetit darauf ist ihr deutlich anzusehen, aber sie weiß wohl, dass sie zumindest eine moralische Verpflichtung zur Nachsicht mit mir hat, sobald sie das erste Stück in ihrem Mund verschwinden lässt.

Sie fängt ein wenig an zu schwitzen, scheint aber unbändige Willenskräfte zu haben, denn sie rührt mein Mitbringsel nicht an.

« Tut mir leid », sagt sie streng, « aber da kann ich gar nichts machen, so sind die Gesetze. »

Als ich sehe, wie Frau Steputat sich dem Computer zuwendet und offenbar nach weiteren Stellenangeboten sucht, wird mir ganz flau im Magen.

«Schade», sagt sie bedauernd, «bis gestern wurden noch Spargelstecher gesucht.»

«Das ist wirklich jammerschade», bestätige ich und atme innerlich erleichtert auf. «Das wäre toll gewesen, die Arbeit an der frischen Luft», versuche ich ein wenig Boden gutzumachen bei meiner PAP. «Und es wäre auch nicht das erste Mal ...»

Ich war ein lausiger Spargelstecher

Wenn die Urinale der Stadt nach faulen Eiern riechen, dann weiß ich nicht nur, dass wieder Spargelsaison ist, sondern werde auch jedes Mal aufs Neue schmerzlich daran erinnert, dass ein gewisser skrupelloser holländischer Geschäftemacher mir noch 2000 Gulden fürs Spargelstechen schuldet. Inklusive Zinsen dürfte es allerdings gut das Doppelte sein.

Es war Anfang der Neunziger, als die holländischen Spargelbauern das gleiche Problem hatten wie die deutschen heute: Kein Einheimischer hatte Lust, für einen vergleichsweise geringen Lohn den Rücken krumm zu machen. Da kam das ostdeutsche Prekariat wie gerufen. Mit der richtigen Intuition vermuteten die holländischen Arbeitsvermittler, dass der Anteil der Trottel, die sie übers Ohr hauen konnten, in Sachsen besonders hoch war – und warfen dort ihre Netze aus. Einer der Trottel war ich.

Das Studium der Sonderschulpädagogik in Berlin hatte nur ein Jahr gedauert, danach hatte ich einen extremen Motivationsmangel verspürt und mich wieder exmatrikuliert. Ich war nun mangels Alternativen bereit, ein ganzes Jahr Arbeit durchzustehen, um danach endlich mit dem Bezug von Arbeitslosengeld ein Highlight in meiner bisher so durchwachsenen beruflichen Laufbahn zu setzen. Meine Mutter hatte mir von einer Annonce in der Zeitung berichtet, in der Spargelstecher gesucht wurden, und so war ich wieder mal nach Chemnitz gefahren.

Es hörte sich eigentlich perfekt an: 2000 Gulden pro Monat, umgerechnet 1800 DM, sollte es geben, Unterkunft im Caravan auf einem Campingplatz, Arbeit an der frischen Luft, und das Ganze von Mitte April bis Ende Juni. Der holländische Arbeitsvermittler, der in Chemnitz auf willige Spargelstecher wartete und dessen Namen ich vergessen habe, aber dessen Gesicht ich selbst im vollbesetzten Wembleystadion sofort herausfiltern würde, machte einen sympathischen Eindruck. Sein lustiger Akzent gaukelte mir vor, er wäre liebenswürdig. Es gab keinen Grund, misstrauisch zu sein, und so unterschrieb ich mit einem Elan, den ich mir selbst nie zugetraut hätte, den Arbeitsvertrag.

Drei Tage später saß ich im Zug nach Venlo, und da ich Geburtstag hatte, feierte ich diesen ausgiebig mit Büchsenbier. Es war eine lange Fahrt, und daher viele Biere, und als ich in Venlo – die Stadt liegt gleich hinter der deutschen Grenze, Höhe Kleve und Viersen – aus dem Zug torkelte, war ich betrunken genug, mir keine Sorgen mehr zu machen wegen des ersten Eindrucks, den ich auf den Betreuer der sächsischen Aushilfsspargelstecher machen würde, der mich vom Bahnhof abholen sollte.

Es gab auch keinen Grund, sich Sorgen zu machen. Der Betreuer, ein kettenrauchendes altes Männchen namens Pieter, erklärte mir, dass bis auf eine einzige stocknüchterne Frau sämtliche Arbeitskräfte, die er gestern und vorgestern vom Bahnhof abgeholt habe, in einem ähnlichen Zustand wie ich gewesen seien. Den ersten Ankommenden habe er noch zu sich nach Hause fahren und bei ihm übernachten lassen müssen, da mit den Wohnmobilen noch nicht alles geklärt war. Als dieser am nächsten Morgen erwachte, habe er zum Frühstück eine Flasche Bier und eine Knackwurst erbeten. Ob das ein typisch deutsches Frühstück sei, wollte Pieter nun von mir wissen. «Eher sächsisch», sagte ich, «das ist was ganz speziell Sächsisches!»

Auf dem Zeltplatz wurde ich zu meinem Unglück dem Caravan zugeteilt – inzwischen waren alle Wohnwagen bezugsfertig –, in dem jene Person wohnte, die als einzige nüchtern in Venlo eingetroffen war. Helga, eine völlig ausgemergelte, nach eigener Aussage fünfundvierzigjährige, optisch aber auch bei aufgesetzter rosaroter Brille gegen fünfundachtzig tendierende arbeitslose Textilarbeiterin aus dem Erzgebirge, die ich in den zweieinhalb Monaten unseres Arbeitseinsatzes nie etwas anderes als Kaffee trinken sah.

Den Rest der Truppe lernte ich am nächsten Morgen auf dem Feld von Spargelbauer Jan kennen, ein absolut repräsentativer Querschnitt der sächsischen Bevölkerung. Vier langhaarige Heavy-Metal-Freaks aus Leipzig, eine eben aus dem Knast entlassene Kleinkriminelle aus Dresden, ein Studentenpärchen aus Chemnitz, drei arbeitslose Gerüstbauer aus Limbach-Oberfrohna und schließlich Erich aus Aue, der in seinem Trabbi angereist war und aussah wie der ältere Bruder von Helga, wohl aber tatsächlich auch bereits ein biblisches Alter erreicht hatte. Er hatte es am schwersten, denn wegen seiner maroden Bandscheiben und der lädierten Knie konnte er sich weder bücken noch hinknien, ein fatales Handicap für einen Spargelstecher. Er weinte darum die erste Zeit sehr viel – und wurde später zum Johannisbeerenpflücken abkommandiert. Jeden Abend putzte er hingebungsvoll seinen Trabbi und setzte sich dann immer noch fünf Minuten rein, einfach so zum Drinsitzen. Er mochte sein Auto wohl sehr.

Ich hatte keine Ahnung von Spargel und vom Spargelstechen. Da ich keinen Spargel sah, hegte ich die Hoffnung, dass noch keiner gewachsen war und wir vielleicht noch ein, zwei Tage freihätten. Ich hatte einen höllischen Kater, da wäre mir das freilich recht gewesen. Der alte und brummige Spargelbauer Jan erklärte mir aber, dass der Spargel unterirdisch wachse und ich nach Rissen in der Erde suchen müsse. Nun ärgerte ich mich darüber, aus Eitelkeit meine Brille zu Hause gelassen zu haben. Ich lief die Erdwälle ab, das Feld einmal von oben bis unten, ging anschließend zu Jan und bedauerte, ihm mitteilen zu müssen, dass der Spargel wohl noch nicht so weit sei.

Er schickte mich jedoch wieder los und lief nun hinter mir her. Dabei legte er die Stangen in den Rissen frei, die ich übersehen hatte. Von mir aus hätten wir so weitermachen können, doch Jan musste zurück zum Wiegen der von meinen Spargelstecherkollegen gestochenen Stangen. Zum Wiegen? Ein schlimmer Verdacht kam mir, der sich schließlich bestätigen sollte. Jan klärte uns darüber auf, dass wir nach Leistung bezahlt werden sollten. Unser Verdienst würde sich danach richten, wie viel Kilo Stangen wir bei ihm abgaben.

«Aber im Vertrag steht was von 2000 Gulden pro Monat!» Lautstark versuchte ich zu protestieren.

Damit habe er nichts zu tun, brummte Jan. All das regele der Arbeitsvermittler.

Am Ende des ersten Tages hatte der Beste von uns 16 Gulden verdient, rund 14 D-Mark. Ich kam auf etwa 10 D-Mark, und Erichs Verdienst bewegte sich im Pfennigbereich. Und das bei einer Arbeitszeit von zehn Stunden! Wir mussten von morgens sechs bis mittags zwölf und dann noch einmal nachmittags von 16 bis 20 Uhr ran. Auch das war für uns sehr überraschend, im Arbeitsvertrag hatte nichts davon gestanden.

Da unser Arbeitsvermittler frühestens am Ende des Monats kommen wollte, um uns einen ersten Vorschuss auszuzahlen, hatten wir niemanden, an dem wir unsere Wut auslassen konnten. Und so betranken wir uns jeden Abend in unseren Caravans. Die Heavy-Metal-Freaks rauchten außerdem noch Marihuana auf sehr eigenartige Weise mittels eines Eimers und einer aufgeschnittenen 1,5-Liter-Colaflasche. Bei ihnen funktionierte es gut, sie wurden schnell lustig. Bei mir lief irgendetwas schief, als ich es auch mal probierte. Ich saß die ganze Nacht im Stuhl, ohne nur den kleinen Zeh bewegen zu können, und fing erst am Morgen an, auf dem Spargelfeld vor mich hin zu kichern. Deswegen verdiente ich am zweiten Tag nur 6,50 D-Mark.

Da wir alle offenbar ziemlich lausige Spargelstecher waren, hatte Jan Nachschub bei dem Arbeitsvermittler geordert, und so trafen Tag für Tag neue absonderliche Gestalten ein. Langsam, aber sicher war der Campingplatz fest in sächsischer Hand. Ein großes Hallo gab es, als die junge Kleinkriminelle in einer der Gestalten einen ehemaligen Kumpel aus dem Jugendwerkhof wiedererkannte. Spontan wurde beschlossen, mit Erichs Trabbi in die Stadt zu fahren und dort zu feiern, der Kumpel meinte, er hätte genug Kohle und würde ein paar Runden ausgeben. Erich, der bereits schlief, wurde lieber nicht gefragt. Zu siebt quetschten wir uns in das Auto und fuhren los auf der Suche nach Kneipen.

An diesen Abend habe ich nur noch wenige Erinnerungen. Fest steht, dass der Jugendwerkhofskumpel zwar für uns alle eine Lage nach der anderen bestellte, entgegen seiner Aussage aber völlig blank war. Nach einer wüsten Schlägerei vor der Tür einer Kneipe, an der sich schließlich auch einige Einheimische und der Wirt beteiligten, kratzten wir mühsam unser Geld zusammen und bezahlten die Rechnung.

Der Jugendwerkhofskumpel war am nächsten Tag verschwunden, er hatte nicht eine einzige Stange Spargel gestochen. Wir gaben weiter unser Bestes, stärkten uns früh vor der Arbeit mit Knackwurst und Bier und suchten Risse in der Erde. Mehr als vierzig bis fünfzig Kilo pro Tag waren aber nicht drin. Für Froukje war das eine Lachnummer. Jans etwa dreißigjährige Tochter schaffte locker über hundert Kilo pro Tag, obwohl sie die Arbeit eigentlich ankotzte, wie sie uns in einem vertraulichen Moment verriet.

Sie verliebte sich in Thomas, einen der Heavy-Metal-Freaks, und machte Andeutungen, nach der Spargelsaison mit ihm nach Deutschland durchbrennen zu wollen. Freiwillig würde ihr Vater sie nicht gehen lassen, sie war seine beste Arbeitskraft, er durfte sie nicht verlieren.

Irgendwie bekam Jan aber Wind von diesem Fluchtvorhaben und warf Thomas vor, er habe Froukje diesen Floh ins Ohr gesetzt. Thomas versicherte, er habe kein Interesse an seiner Tochter, ihr Pferdegebiss würde ihm Angst machen. Das zu hören war Jan auch wieder nicht recht, und so herrschte ein sehr angespanntes Arbeitsklima.

Schließlich kam der Abend, an dem wir uns den versprochenen Vorschuss vom Arbeitsvermittler erhofften. Wir alle waren müde, kaputt, wütend und frustriert. Wie es der Arbeitsvermittler geschafft hat, nicht vom wütenden Mob gelyncht zu werden, als er erklärte, uns keinen Vorschuss geben zu können, weil wir gerade genug verdient hätten, um die Mieten für die Caravans zu bezahlen, weiß ich nicht. Vielleicht waren wir zu geschockt. Auch das war neu für uns, dass wir die Pacht für die Wohnmobile selbst aufbringen mussten.

Aber sicher spürte er, dass wir nicht weit davon entfernt waren, ihm wehzutun, und so zahlte er jedem von uns 100 Gulden aus. Für Bier und Knackwurst war also erst einmal wieder Geld da, wir waren beruhigt.

So langsam bekam ich die Sache in den Griff. An einem besonders sonnigen Tag stach ich meinen Rekord von dreiundachtzig Kilo Spargel, und so schaffte ich es, einigermaßen schuldenfrei aus der Geschichte herauszukommen. Anderen gelang das nicht. Als ich Ende Juni wieder in den Zug nach Hause stieg, pflückten Helga und die Gerüstbauer aus Limbach-Oberfrohna Johannisbeeren, um die Caravanmiete abzuzahlen.

Am besten aber hatte es Erich getroffen, der seinen Trabbi unter Tränen für 1000 Gulden an einen holländischen Museumsbesitzer verkaufte und damit nach Abzug der Wohnwagenmiete sogar noch ein paar Gulden übrig hatte. Glücklich war er trotzdem nicht. Er weinte die gesamten neun Stunden Zugfahrt hindurch, sosehr ich ihn auch tröstete.

In Zimmer 211

Die Schokoladentafel ist Geschichte, die Versuchung für Frau Steputat war doch zu groß. Leider hat die Zuckerzufuhr nicht die erwünschte Wirkung. Zwar ist ihr Ton jetzt deutlich weniger streng, aber sie bleibt bei ihrer Absicht, mir mein Arbeitslosengeld II zu kürzen.

«Ja, Herr Naumann, leider werden jetzt keine Spargelstecher mehr gesucht. Und die Sache mit der PIN AG – ich kann Ihnen das bei aller Liebe nicht durchgehen lassen. Die Ablehnung von Arbeit ist eine Pflichtverletzung und zieht eine große Sanktion laut § 31, SGB II nach sich.»

«Aber meine Kinder können doch nichts dafür», werfe ich ein, «und die leiden doch genauso unter der Kürzung.»

Ich zeige auf das Foto auf dem Schreibtisch, das schon wieder ein anderes ist. Tauscht Frau Steputat das Bild ihrer Tochter so oft aus, weil das Kind so schnell wächst? Nicht in die Höhe zwar, aber rundum. Wieder ist das Mädchen ganz in Pink gekleidet, diesmal leckt es an einem wagenradgroßen Lolli.

«Wie heißt denn Ihre Tochter?», frage ich interessiert.

Verwirrt registriert Frau Steputat die Wendung des Gesprächs, aber sie ist zu stolz auf ihre Kleine, um nicht auf meine Frage zu reagieren. «Samantha», antwortet sie zärtlich, und ich muss mich bemühen, nicht laut loszuprusten.

«Ein schöner Name», sage ich, «und nun stellen Sie sich mal vor, Samantha hätte Appetit auf, sagen wir, ein Kinder-Überraschungsei. Und Sie müssten ihr dann erklären, dass Sie kein Geld dafür haben.»

Die Vorstellung scheint Frau Steputat so zu schockieren, dass für einen Moment ihre Gesichtszüge entgleisen, dann hat sie sich wieder unter Kontrolle.

Die Hoffnung, Mitleid bei ihr zu wecken für den drohenden Hungertod meiner Kinder, erfüllt sich nicht.

«Bevor es so weit kommt», sagt Frau Steputat nun wieder deutlich distanzierter, «würde *ich* bei der PIN AG arbeiten gehen.»

«Das würden meine Kinder von mir gar nicht wollen», werfe ich ein, «die wurden nämlich politisch schon von mir geimpft.»

«Dann erklären Sie Ihren Kindern das so», bleibt Frau Steputat unerbittlich. «Aber wenn Sie so weitermachen, sind wir bald bei mehr als 30 Prozent Kürzung, und dann gibt's zwar Lebensmittelgutscheine, aber ob Ihre Kinder das dann immer noch gut finden?»

Wahrscheinlich nicht, denke ich und sage: «Vielleicht haben Sie ja beim nächsten Mal einen richtigen Job für mich, einen anständig bezahlten.»

Frau Steputat zuckt mit den Schultern. «Ich tue, was ich kann, Herr Naumann. Wir sehen uns in drei Monaten.»

Die Verschmähung meiner Linsensuppe ist noch lange kein Beleg dafür, dass ich nicht kochen kann

Wenn man von den 130 Euro, die pro Person im monatlichen Hartz-IV-Satz für Lebensmittel gedacht sind, 30 Prozent abzieht, bleiben 90 Euro, das macht drei Euro pro Tag. Das war also selbst für den Sarrazin-Speiseplan zu wenig. Weniger pfiffige Menschen würden vielleicht verhungern, aber ich hatte die Lösung. Ich habe nämlich Linsen gekocht. Einen Neunlitertopf bis zum Rand, und noch mal neun Liter, die über den Rand gequollen sind. Das muss man wissen, dass Linsen aufquellen und ihr Volumen verdoppeln. Hab ich nicht gewusst und dann achtzehn Liter Linsensuppe gehabt. Wie gesagt, die Hälfte im Topf, die Hälfte auf dem Herd.

Mohrrüben waren auch drin und Kartoffeln und Sellerie, den ganzen Vormittag hatte ich Würfelchen geschnitzt. Zum Schluss noch Essig, das gibt der Linsensuppe eine raffinierte Note. Weil mir die Flasche aus der Hand gerutscht ist, im Linsentopf versank und ihren Inhalt schon entleert hatte, als ich sie wieder rausfischte, war die Note nicht ganz so raffiniert, wie ich mir das vorgestellt hatte. Es schmeckte wie Essig mit Linsen, umgekehrt wäre es richtig gewesen. Ich neutralisierte den sauren Geschmack mit einem halben Paket Zucker und Pfeffer: Pfeffer war immer gut. Früher haben sie Hasen, die zu lange abgehangen hatten und nicht mehr gut rochen, so lange mit Pfeffer eingerieben, bis der strenge Geruch übertüncht war. Sie wurden dann als Pfefferhasen verkauft. Bei mir waren es jetzt Pfefferlinsen. Aber beim Abschmecken musste ich mir das Kompliment machen, den Karren noch mal aus dem Dreck gezogen zu haben: Es schmeckte tatsächlich nach Linsensuppe.

Jetzt musste sie nur gegessen werden. Aber da hakte es. Emma weigerte sich zu kosten, Hannah legte sich eine Linse auf die Zunge, spuckte sie nach einer Hundertstelsekunde wieder aus und behauptete, noch nie in ihrem Leben so etwas Widerliches gegessen zu haben. Meine Frau bemerkte, dass die Suppe optisch nicht der Hammer sei, aß aber immerhin drei Löffel.

«Mann», beschwerte ich mich, «für eine Linsensuppe hat Esau sein Erstgeburtsrecht verkauft!»

«Ja, weil Jakob kochen konnte», behauptete meine Frau.

Die Kinder waren der Ansicht, dass heutzutage prinzipiell kein Mensch mehr auf die Idee kommen würde, freiwillig Linsen zu verzehren, das gäbe es nicht mal beim Schulessen. Das stimmt. Da gibt es nie was Vernünftiges, immer nur aus Formfleisch zusammengesetzte Hähnchen- oder Putenschnitzel oder Spaghetti mit Sojabolognese. Widerliches Zeug. Und kostet einen Haufen Geld, weil ein paar tausend Ein-Euro-Jobber die Schnitzel erst aus dem Formfleisch zusammenpuzzeln müssen, und das Soja muss bestimmt von was-weiß-ich-woher importiert werden. Dabei kann man für zwei Euro achtzehn Liter Linsensuppe kochen, das reicht für sechsunddreißig Kinder. Aber die essen das nicht, weil die alle antiautoritär erzogen werden.

Wenn einem früher als Kind etwas nicht geschmeckt hat, dann hat man es dezent heruntergewürgt und höflich eine weitere Portion verlangt. Und mit dem Kotzen hat man gewartet, bis alle aufgegessen hatten. Aber das gibt's ja heute nicht mehr. Wenn ein dreijähriger Steppke seinen Blumenkohl an die Decke klatscht, die Kartoffeln unter den Tisch pappt und dabei laut schreit, dass Mama eine blöde Kuh ist, stellt sich Mama eben schnell noch mal an den Herd und kocht Nudeln mit Ketchup, weil das seine Leibspeise ist.

Das würde ich nie tun – aber meine Kinder essen trotzdem keine Linsen. Sie haben noch nicht mitbekommen, dass ich autoritär bin. Wenn ich sage: «So, ihr esst jetzt den Teller leer», schütteln sie einfach mit dem Kopf. Sie wissen ja, dass ich sie nicht verprügeln kann, weil sie sonst gleich zur Polizei rennen und Anzeige erstatten.

Was sollte ich nun machen mit diesem Riesenhaufen Linsen? Wegwerfen konnte ich das gute Essen ganz sicher nicht. Doch, meinten meine Kinder, weil sie einfach keinen Respekt haben vor dem Essen. Aber mir war das nicht möglich. «Also», sagte ich, «mir schmeckt das so gut, dass ich gar nicht aufhören kann mit Essen.»

Und dann schob ich mir Löffel für Löffel rein, unterstützt von den Anfeuerungsrufen der Kinder. Zuerst die neun Liter aus dem Topf, dann die angebackenen Linsen vom Herd. Und danach war mir schlecht.

In Zimmer 211

Frau Steputat hat wieder nichts gefunden. Sie hat gescrollt und gescrollt und ist fast in den Bildschirm hineingekrochen, aber es gibt keine Arbeit für mich.

«Nun gut», seufzt sie, «dann probieren wir mal was anderes mit Ihnen. Sie bekommen von mir einen Vermittlungsgutschein im Wert von 2000 Euro, damit können Sie ...»

Doch alles Weitere erreicht mich nicht mehr. Wie jeder Hartz-IV-Empfänger bin auch ich ein geldgeiler Sack, und die Wörter «Gutschein» und «2000 Euro» reichen aus, um meinen Verstand aussetzen zu lassen. Obwohl ich es inzwischen besser wissen müsste, passiert mir das auch immer wieder, wenn ich Post im Briefkasten habe mit der Nachricht: «Sie haben gewonnen!» Ich raste regelmäßig total aus vor Glück, wenn ich Reizworte wie «glücklicher Gewinner», «garantierte Auszahlung» oder «exklusiv für Sie, Herr Naumann» vernehme.

In Gedanken schlage ich Purzelbäume im Zimmer meiner PAP und singe «Money, Money, Money» von Abba. Ein Gutschein! Im Wert von 2000 Euro! Zum ersten Mal bekommt meine feindselige Einstellung gegenüber dem JobCenter im Allgemeinen und Frau Steputat im Besonderen kleine Risse.

Mit zitternden Händen nehme ich das wertvolle Stück Papier entgegen und verabschiede mich von meiner Sachbearbeiterin.

Draußen ist mir etwas mulmig zumute. Noch nie habe ich etwas so Wertvolles einfach mit mir herumgetragen. Mir ist unwohl bei dem Gedanken, dass der Gutschein sich im Rucksack befindet und ich keine Kontrolle darüber habe. Sicher ist sicher, und deshalb nehme ich ihn aus dem Rucksack und stecke ihn mir unters Hemd. Trotzdem bleibt ein ungutes Gefühl, immerhin wurden schon Menschen für weit weniger abgemurkst.

In der S-Bahn spüre ich die Blicke der Fahrgäste auf mir, sie scheinen intuitiv zu merken, dass bei mir etwas zu holen ist. Der Neid verzerrt ihre Gesichter zu hässlichen Fratzen.

Aber ich passe auf. Mit einer Hand fahre ich mir unters Hemd – er ist noch da, mein Schatz. Ich werde nicht das Schicksal von Gollum teilen, und wenn mich eine ganze Armee Orks angreifen sollte. Dann können die sich warm anziehen, die Orks.

Offenbar sieht man mir die grimmige Entschlossenheit an, meinen Schatz bis aufs Blut zu verteidigen, denn unbehelligt erreiche ich meine S-Bahn-Station. Und auch auf dem Weg nach Hause weichen mir die Leute ängstlich aus.

Als die Wohnungstür hinter mir ins Schloss fällt, merke ich erst, dass ich vollkommen schweißgebadet bin. Ich stinke wie ein überbelegtes Raubtierhaus. Das wäre natürlich eine alternative Erklärung für die Reaktion der Leute.

Mir egal, lieber stinkend reich als arm und gewaschen. Ich habe Mühe, das völlig durchnässte Papier von meinem klebrigen Bauch abzuziehen, ohne dass es zerreißt. Aber mit viel Geduld gelingt es mir.

Und da steht es, fettgedruckt: «Vermittlungsgutschein über 2000 Euro.»

«Jawoll!», sage ich zu mir selbst und mache die Becker-Faust. Mal sehen, was da noch so draufsteht auf dem Gutschein. Ich beginne zu lesen. Und obwohl sich schon nach wenigen Sätzen Ernüchterung breitmacht und mein brillanter Verstand sich wieder einschaltet, weigere ich mich zu glauben, was die Zeilen mir weismachen wollen. Das ist das absurdeste, hirnverbrannteste Zeug, das mir je in meinem Leben untergekommen ist.

Ich soll zu einem privaten Arbeitsvermittler gehen und mich in Arbeit vermitteln lassen. Gut, das ist schon mal ziemlich verrückt. Aber der Gipfel ist, dass dem Arbeitsvermittler, der mir das ange-

"ARBEITSAMT" WAR EINE VÖLLIG VERALTETE UND UNCOOLE BEZEICHNUNG.

tan hat, dann auch noch 2000 Euro überwiesen werden. Als Belohnung dafür, dass er mein Leben zerstört.

Im Klartext: Das von meinen Steuergeldern und Sozialversicherungsbeiträgen finanzierte Arbeitsamt, dessen vordringliche Aufgabe es ist, mich in Arbeit zu vermitteln, bezahlt Geld dafür, damit diese Aufgabe jemand anders übernimmt. Geld für so etwas Widerwärtiges und Unsinniges wie eine private Arbeitsvermittlung.

Das ist in etwa so, als wäre ich Rosenkohlallergiker und jemand würde mein Sparschwein plündern und mir einen Gutschein über den erbeuteten Betrag schenken, aus dem hervorgeht, dass ich das Geld ausschließlich für Rosenkohl ausgeben darf.

Wie habe ich nur so dumm sein können, auch nur einen Augenblick dran zu glauben, dass ein Gutschein vom Arbeitsamt etwas Gutes bedeuten könne?

Verbittert zerknülle ich den 2000-Euro-Wisch und setze mich an den Computer. E-Mails abrufen und danach vielleicht ein Ballerspiel spielen, um mich abzureagieren. Eine neue Mail. Von Betandwin. «Ein Bonus für Sie, Herr Naumann», steht im Betreff. «Jippieh», schreie ich meine Freude heraus und habe meinen Ärger schon wieder vergessen.

Diesmal war ich nicht schuld

Wohl nur die Besatzung der Enterprise, die auf ihrer Reise ins Ungewisse in Galaxien vordringt, die nie ein Mensch zuvor gesehen hat, kann eventuell nachvollziehen, wie es mir gerade geht.

Ich bin auf dem Weg nach Spandau, zu einem privaten Arbeitsvermittler, und mir ist schlecht vor Aufregung. Der Grund für meinen Aufbruch in diese Welt voller Gefahren ist ein Zeitungsartikel über eine Studie, wonach ein früher Abschied vom Arbeitsleben die geistige Vitalität beeinträchtigen kann. Ich hatte Mühe, den fünfzeiligen Artikel bis zum Ende zu lesen, weil er nicht durch Bilder aufgelockert wurde. Das Wort «Vitalität» musste ich dann auch noch im Duden nachschlagen. Und erst nachdem ich eine ganze Weile mit offenem Mund sinnlos an die Wand gestarrt, im Ohr gepult und mir den Kopf gekratzt hatte, dämmerte es mir so langsam. Es war schon so weit. Ich verblödete.

Natürlich war das Gegenmittel nicht gerade schmackhaft, aber der Wiedereinstieg ins Arbeitsleben schien unausweichlich, wenn ich geistig nicht vollkommen verarmen wollte. Und so hatte ich die Stellenanzeigen durchforstet und war auf diesen privaten Arbeitsvermittler gestoßen, der Mitarbeiter für ein Postdienstleistungsunternehmen suchte. 1900 Euro brutto sollte es geben, und keinerlei Qualifizierung sei erforderlich, hieß es da. Der Job schien mir wie auf den Leib geschneidert, zumal ich Erfahrungen in diesem Bereich nachweisen konnte.

Ein kurzer Anruf beim Arbeitsvermittler, und ich wurde zu einem Bewerbungsgespräch gebeten. Mitzubringen hätte ich nur den Vermittlungsgutschein vom JobCenter. Jenen Gutschein, den ich zerknüllt in eine Zimmerecke geworfen hatte. Da lag er zum Glück auch noch, und nachdem meine Frau ihn wieder glatt gebügelt und mir viel Glück gewünscht hatte, war ich aufgebrochen zu den neuen Ufern, die mir zu geistiger Vitalität verhelfen sollten.

Auf dem Weg nach Spandau habe ich das Gefühl, dass mein geistiger Verfall mit jeder Minute rapide fortschreitet. Immerhin schaffe ich es, an der richtigen Station auszusteigen und den hässlichen Neubau zu finden, in dem die private Arbeitsvermittlung ihre Räume hat.

Eine lange Schlange steht am Empfangsschalter, die könnte mir das Genick brechen. Bei der im Sekundentakt steigenden Zahl meiner Gehirnzellen, welche für immer den Löffel abgeben, ist der Faktor Zeit zu meinem schlimmsten Feind geworden.

Möglich, dass ich gar nicht mehr weiß, warum ich hier bin, wenn ich endlich dran bin, und nur Verwirrung von der Dame hinterm Tresen ernte, wenn ich hundert Gramm grobe Leberwurst verlange.

Aber zum Glück geht es zügig voran, offenbar will die Dame gar nichts weiter von uns wissen und verlangt von jedem nur den Vermittlungsgutschein. Offenbar bin ich doch noch nicht ganz verkalkt, denn aus meiner Beobachtung und der Fähigkeit zur Reflexion gelange ich zu dem Schluss, dass ich mir einen Vorteil gegenüber meinen Mitbewerbern verschaffe, wenn ich den Vermittlungsgutschein schon parat habe und nicht erst auf Aufforderung danach in meiner Tasche krame. Und tatsächlich, die gar nicht unattraktive Brünette hinterm Tresen lächelt mir freundlich zu, als ich ihr ohne Worte meinen Gutschein überreiche.

Zu meiner Überraschung werden wir von jemandem, der sich als Herr Weber vorstellt und der aussieht wie der jüngere

Bruder von Jürgen Klinsmann, alle gemeinsam in einen Raum gebeten. Vielleicht will man uns im Direktvergleich selektieren. Oder wir spielen «Reise nach Jerusalem», und der Gewinner bekommt den Job.

Mit mir sitzen etwa zwanzig Frauen und Männer im Halbkreis an Tischen und warten darauf, dass Herr Weber uns ein paar Informationen liefert. Bei einigen kann ich sehen, wie sie ihn unverhohlen und staunend wegen seiner Ähnlichkeit mit Klinsmann mustern. Und dann das Erschrecken in ihren Augen, als Herr Weber tatsächlich in breitestem Schwäbisch loslegt. Es gehe um ein Postdienstleistungsunternehmen, das deutschlandweit circa dreitausend Mitarbeiter benötige. Jemand meldet sich. Jetzt schon. Wie denn das Unternehmen heiße? Herr Weber erklärt, dazu keine Angaben machen zu können, solange wir nicht die Kurzbewerbung ausgefüllt und unterschrieben hätten. Wer das nicht akzeptieren könne, möge den Raum bitte verlassen.

Meine vermutlich letzte Gehirnzelle meldet sich und veranlasst mich aufzustehen. Aber dann ist es mir peinlich, weil ich der Einzige bin – und ich setze mich schnell wieder hin.

Da sonst auch in der nächsten Minute niemand entsprechende Anstalten macht, das Weite zu suchen, verteilt Herr Weber extrem schlecht kopierte und schräg geschnittene DIN-A6-Zettel. Sie stellen die Kurzbewerbung dar und sind von uns auszufüllen. Neben den üblichen Angaben zum Geburtsjahr und zum Wohnort gibt es nur zwei weitere Punkte. Beim Punkt «Beherrschung der deutschen Sprache» gilt es, entweder «gut», «mittel» oder «schlecht» anzukreuzen, beim Punkt «Konfektionsgröße» die eigene einzutragen. Mit beiden Punkten bin ich überfordert. Erstens fehlt bei Punkt 1 die Auswahlmöglichkeit «überragend», und zweitens habe ich keine Ahnung, was meine Konfektionsgröße ist. Schließlich kreuze ich bei Punkt 1 «gut» an, versehe das «gut» allerdings mit zwei Pluszeichen, und in die zwei Ziffernfelder bei der Konfektionsgröße schreibe ich «mittel». Die Unterschrift drunter, und fertig! Diese ganze Bewerbung lief doch viel einfacher, als ich gedacht hatte.

Während Herr Weber die Zettel einsammelt, erklärt er uns weiter, dass dieses neue Postdienstleistungsunternehmen «Cityletter» heiße und in drei Wochen mit einem Paukenschlag und Dutzenden Standorten in Deutschland auf der Bildfläche erscheinen werde. Es stünden millionenschwere Investoren hinter dem Unternehmen, und alles sei bis ins Detail geplant. In den nächsten Tagen würden uns per Post die Arbeitsverträge zugeschickt.

Während Herr Weber uns das erzählt, händigt uns ein weiterer Mitarbeiter Zettel aus, ebenfalls schlechte Kopien, sogenannte Einstellungsbestätigungen. Zwar lediglich mit einem kopierten Stempel und kopierter Unterschrift versehen, soll dieses Dokument eine rechtsverbindliche Einstellung bei Cityletter bestätigen.

Ich muss zugeben, ich habe nicht viele Bewerbungsgespräche in meinem Leben geführt, aber das hier war definitiv eines der seltsamsten. Und während wir aus dem Raum gescheucht werden, wartet bereits die nächste Gruppe auf ihr «Bewerbungsgespräch».

Wieder zu Hause, suche ich im Internet nach Informationen über Cityletter. Es gibt tatsächlich eine Homepage, die allerdings meine letzten Zweifel darüber ausräumt, dass mit dem von millionenschweren Investoren unterstützten Unternehmen irgendwas nicht stimmen kann. Die mit Word erstellte Homepage wurde offenbar von einem Sechsjährigen gestaltet, der sämtliche zur Verfügung stehenden Farb- und Schrifteffekte ausgereizt hat.

Einen Arbeitsvertrag habe ich nie bekommen. Zwei Wochen später, als ich mich fast mit meiner Verblödung abgefunden habe, lese ich in der Zeitung, dass gegen eine Firma namens Cityletter wegen Betruges ermittelt werde. In der gleichen Zeitung erweckt ein weiterer Artikel meine Aufmerksamkeit: «Zu viel Arbeit macht krank», steht da in der Überschrift. Und während des Lesens kann ich förmlich spüren, wie meine Gehirnzellen sich wieder vermehren und dem Autor des Beitrags Beifall zollen.

In Zimmer 211

Ich hätte noch Glück gehabt, meint Frau Steputat, als ich ihr von der Cityletter-Pleite erzähle. «Ich habe gehört», sagt sie, «dass Leute extra ihren Job gekündigt haben, um bei dieser Firma anfangen zu können. Die sind jetzt richtig gelackmeiert.»

Frau Steputats Vorliebe für altmodische Wörter und Redewendungen macht sie mir an diesem Tag fast ein wenig sympathisch. Aber der kleine Sympathiefunken erlischt wieder, als sie mich streng fragt, wie es jetzt weitergehen soll. Mit Postdienstleistungsunternehmen käme ich ja offenbar auf keinen grünen Zweig.

«Das scheint so», gebe ich ihr recht und registriere erstaunt, dass dem eiförmigen Kaktus auf dem Schreibtisch eine kleine Kugel auf der Spitze wächst. Es gibt ja diese Hundebesitzer, die sich optisch immer mehr ihrem geliebten Tier angleichen, aber dass es das auch bei Zimmerpflanzen gibt, ist mir neu: Der Kaktus mit der Kugel obendrauf scheint eine exakte Nachbildung von Frau Steputats Kopfform inklusive Dutt zu sein.

Ich überlege, ob ich sie darauf ansprechen soll, aber obwohl zwei Tüten Storck Riesen in ihrer Reichweite auf dem Tisch liegen und sie sich munter daraus bedient, scheint sie nicht zu einer Plauderei aufgelegt.

Ich beschließe, Frau Steputat zu überraschen. «Mir ist da doch noch was eingefallen, das mir sogar Spaß machen würde», sage ich.

Erstaunt schaut mich Frau Steputat an: «Reden Sie von Arbeit? Arbeit kann Ihnen Spaß machen? Wenn Sie einen Handschlag tun, dann sind Sie doch hinterher tagelang geplättet. Sie lieben doch nur eines: einfach nur rumsitzen.»

Da hatte sie den Nagel auf den Kopf getroffen.

HABEN SIE IHRE BEWERBUNGEN DABEI, HERR NAUMANN?
ICH HAB DA WAS VIEL BESSERES...
KONFEKT
PRALIN

Das sage ich ihr auch. «Wissen Sie, ich hatte mal einen Job als Hüpfburgbeaufsichtiger, wenigstens für einen Tag, und den fand ich richtig klasse ...»

Vom Mädchen, das nicht auf der Hüpfburg hüpfen wollte

Nach meinem ernüchternden Abstecher nach Holland und der anschließenden Rückkehr nach Berlin war ich eine Zeitlang Dauergast bei der Zeitarbeitsvermittlung in der Karl-Marx-Allee. Von irgendetwas musste ich ja leben. Immer noch hatte ich nicht genügend Tage hintereinander gearbeitet, um ein Anrecht auf Arbeitslosenhilfe oder -geld zu haben. Und aus Gründen, die ich mir selbst nicht erklären konnte, hatte die Alternative Sozialhilfe so einen unangenehmen Beigeschmack.

Aber auch in der Zeitarbeitsvermittlung hieß es erst mal rumsitzen. Und sosehr ich das ja ansonsten liebe, hatte das in diesem Fall so einen schalen Beigeschmack und ließ keine Begeisterung bei mir aufkommen. Rumzusitzen und auf etwas Unangenehmes zu warten, war keine echte Entspannung. Nach ein paar Stunden wurde ich zur Bearbeiterin vorgelassen, die Kaugummi kaute, trotzdem aus dem Mund roch und immer mit einem Finger ihre blonden Locken zwirbelte. Sie konnte mich nicht leiden, weil ich fast alles ablehnte, was sie mir anbot. Ihr kleines Hündchen, eines von der Sorte, auf die man versehentlich drauftreten könnte, weil man sie einfach übersieht, teilte ihre Antipathie und bellte jedes Mal hysterisch los, wenn sich sein Frauchen mir zuwandte. Daraufhin blickte ich dieses genetische Missgeschick scharf an, und das handballgroße Wollknäuel suchte feige hinter dem Schreibtisch Deckung und bellte von da weiter.

Das Spiel wiederholte sich stets, wenn ich erneut das Büro der blondgelockten Sachbearbeiterin aufsuchte. Auch sonst folgte das Übliche: Frau Pallaschke las mir ein paar Angebote vor, ich dachte kurz nach – und lehnte ab. Manchmal nahm ich sogar an. Oft kam ich allerdings nach drei Tagen erneut zu ihr, weil es Differenzen mit den Arbeitgebern gab, deren Vorstellungen, wie ich diese oder jene Arbeit zu verrichten hatte, sich nicht mit den meinen deckten.

Einmal horchte ich ganz besonders auf: «Hüpfburgbeaufsichtiger», las Frau Pallaschke vor.

«Klingt interessant», sagte ich. «Was muss ich da machen?»

«Ach, eigentlich nur rumsitzen und aufpassen, dass die Kinder sich die Schuhe ausziehen und nicht aufeinander draufspringen.»

Plötzlich erschien mir die Bearbeiterin ganz nett. Ihre goldenen Löckchen kringelten sich hinreißend um ihren alabasterfarbenen Hals, Pfefferminzduft strömte aus ihrem Mund, und selbst ihren Hund fand ich nun ganz knuddelig. Das Hobby zum Beruf machen, wer träumte nicht davon?

«Mach ich», sagte ich schnell, bevor sie das Angebot wieder verschwinden ließ.

Es ging schon am nächsten Tag los. Ein Mercedes-Autohaus hatte irgendwas zu feiern, und viele Familien mit Kindern wurden erwartet. Als ich morgens um acht aufkreuzte, war bereits alles geschmückt: Luftballons und Girlanden verzierten das Gelände, nur die Hüpfburg lag traurig und platt wie eine Flunder auf dem Rasen. Wie kriegte man denn die ganze Luft da rein? Die flache Hüpfburg war so groß wie ein halbes Fußballfeld, und ich musste eine halbe Stunde suchen, bis ich einen von diesen Nippeln gefunden hatte. Ich blies so lange, bis mir schwarz vor Augen wurde und ich halb ohnmächtig ins Gras kippte. Davon war keine Rede gewesen, dass ich dieses Monstrum auch aufblasen sollte. Schon ein gesunder Mensch hätte Probleme gehabt, und ich mit meiner Raucherlunge hatte so gut wie keine Chance.

Aber ich wollte diesen Job nicht schon wieder verlieren, noch dazu, bevor er überhaupt angefangen hatte. Außerdem motivierte mich der Campingstuhl, der bereits neben der Hüpfburg stand. Er sah extrem bequem aus, einer der bequemsten Stühle, die ich je in meinem Leben gesehen hatte. Ich machte mich also erneut an die Arbeit. Etwa zehn Minuten später tippte mir jemand auf die Schulter, schob mich beiseite und steckte einen Schlauch an den Nippel. Toll, dabei war ich fast fertig gewesen. Egal, der Stuhl wartete, und ich ließ ihn nicht länger warten.

Eine Stunde saß ich erst mal so da, Kinder waren zum Glück weit und breit nicht zu sehen. Ich ließ meine Augen schweifen, aber nicht so hektisch, sonst wäre es anstrengend geworden. Vor dem Autohaus war ein Büfett aufgebaut, und da ich Hunger hatte, schlenderte ich langsam hinüber. Es gab Bulettenbrötchen, Brötchen mit Eiersalat und Bier. Mehr brauchte ich auch nicht. Da alles kostenlos war, deckte ich mich besonders mit Bier gut ein. Dann nahm ich wieder auf meinem Stuhl Platz.

Gegen Mittag war ich betrunken, was mich nicht daran hinderte, immer wieder Nachschub zu besorgen. Noch war kein Kind aufgetaucht, und wenn jetzt eines gekommen wäre, hätte ich es wieder weggeschickt. Es war Zeit für meinen Mittagsschlaf.

Zwei Stunden später erwachte ich gerade rechtzeitig, um zu sehen, wie eine Mutter mit ihrer Tochter bedrohlich in Richtung Hüpfburg marschierte. Ich war noch etwas benommen und hoffte, sie würden vorbeilaufen. Aber sie blieben direkt vor der Hüpfburg stehen. Offenbar hatte das Kind gar keine Lust zum Hüpfburghüpfen, es quengelte und wollte seine Mutter wegziehen. Aber die war gnadenlos. «Da, hüpf!», sagte sie zu ihrer Tochter, schaute mich böse an und ließ uns allein. Das Mädchen hörte auf zu quengeln, schenkte der Hüpfburg einen verächtlichen Blick und begann sich für mich zu interessieren.

«Wie heißt'n du?», fragte sie.

O Mann, dafür hatte ich jetzt überhaupt keinen Nerv. Ich guckte ihr tief in die Augen, bleckte die Zähne und brummte: «Der schwarze Mann!»

Sie wich langsam von mir zurück, und nach zehn Metern begann sie schreiend zu rennen. Perfekt. Den Rest des Nachmittags hatte ich Ruhe. Ich stellte mir die nächsten Tage vor, entwickelte weitere Strategien, wie ich die Kinder von der Hüpfburg fernhalten konnte, und träumte davon, mich später mit einer Hüpfburg selbständig zu machen. Aus alldem wurde aber nichts. Als ich am Abend den Nippel öffnete und das Gas zischend entwich, kam der Chef der Hüpfburg, zahlte mich aus und meinte, dass er sich weiteren Ärger mit mir ersparen wolle und sich deshalb einen neuen Hüpfburgbeaufsichtiger suchen werde.

«Was denn für Ärger?», fragte ich ahnungslos.

Er nickte mit dem Kopf in Richtung Büfett, wo das Hüpfburg verweigernde Kind mit seiner Mutter stand. Es war die Chefin des Autohauses, wie mir mein Arbeitgeber erklärte, und ihre Tochter hatte mich verpetzt. Ich steckte dem Mädchen die Zunge raus, warf noch einen sehnsüchtigen Blick auf den Campingstuhl und ging. Vielleicht war Sozialhilfe ja doch keine schlechte Idee.

«Wenn Sie sogar beim Rumsitzen versagen ...»

Frau Steputat schüttelt den Kopf. «Selbst wenn ich eine freie Stelle als Hüpfburgbeaufsichtiger hätte – die würden Sie ja auch wieder verlieren. Vielleicht müssen wir bei Ihnen doch ganz klein anfangen und mal den zweiten Arbeitsmarkt in Betracht ziehen.»

Es folgt ein für mich schockierender Moment, als Frau Steputat wegen der Hitze im Zimmer beginnt, ihren flauschigen Pullover auszuziehen, den sie in wechselnden Farben immer trägt. Für einen Augenblick setzt mir die Horrorvorstellung zu, dass sie außer einem Büstenhalter nichts darunter hat. Das erweist sich zwar als falsch, aber viel besser ist der Anblick nicht. Eine Kurzarmbluse kommt zum Vorschein, die mit braunen und violetten Blumen gemustert ist. Es ist wie bei einem Verkehrsunfall: schrecklich, aber ich muss die ganze Zeit hinsehen.

Derart hypnotisiert, fällt mir zunächst gar nicht auf, mit was für abenteuerlichen Ideen meine Sachbearbeiterin gerade um sich wirft. Ich soll für 1,50 Euro die Stunde arbeiten, als Bühnendekorateur in einem Kindertheaterprojekt, ein halbes Jahr lang, dreißig Stunden die Woche.

«Das nennt sich AGH-MAE, Arbeitsgelegenheit mit Mehraufwandsentschädigung», erläutert sie. «Im Volksmund Ein-Euro-Job genannt, aber wie Sie sehen, legen wir noch fünfzig Cent drauf.»

«Das ist sehr anständig von Ihnen», sage ich, aber den spöttischen Unterton scheint sie nicht zu bemerken.

«Ja, da kommen Sie auf knapp 200 Euro zusätzlich im Monat zu Ihren normalen Bezügen», erklärt sie stolz und erwartet ernsthaft, dass ich mich darüber freue.

«Und was ist, wenn ich das nicht machen will, weil ich Ein-Euro-Jobs für eine grundsätzlich schlechte Idee halte? Entweder ist es eine sinnvolle und wichtige Arbeit, dann muss die auch ordentlich bezahlt werden. Und wenn es keine sinnvolle Arbeit ist, dann muss das auch nicht von Ein-Euro-Jobbern erledigt werden, nur damit die was zu tun haben.»

Frau Steputat lächelt. «Aber Herr Naumann, Sie wissen doch, wie es läuft. Hat Ihnen die letzte Kürzung noch nicht gereicht?»

Ich denke an die letzten finanziell klammen Monate und nehme seufzend das Blatt Papier entgegen, auf dem die Details festgehalten sind.

«Danke», sage ich, und auch diesmal entgeht meiner PAP der spöttische Unterton in meiner Stimme.

Meine Beine sind offenbar ganz schön sexy

Das hatte ich nicht erwartet. Eine kleine Träne der Dankbarkeit kullert aus meinem rechten Auge. Ergriffen gucke ich den Mann mir gegenüber an, der soeben die entscheidenden Worte gesagt hat, die mein Leben aus den Angeln heben werden. Das jahrelange Siechtum am Rande der Gesellschaft hat ein Ende, der Blick in die Zukunft hat nicht mehr zur Folge, dass ich mich mit einer Flasche Schnaps weinend in eine Ecke setze und mir imaginäre Haarbüschel ausreiße.

Ein Meilenstein in meiner beruflichen Karriere wurde hier und heute gesetzt, der mir als bisheriger Höhepunkt in meinem Lebenslauf auch weitere Türen öffnen wird. Verdammt, ich habe es wirklich gepackt, ich habe den Ein-Euro-Job!

Na ja, zugegeben, diese Gedanken schossen mir nicht durch den Kopf, aber ich war zumindest ganz froh, weil ich die Hoffnung hatte, nun für ein halbes Jahr vor Frau Steputat Ruhe zu haben.

Sie würde Augen machen. Das hatte sie mir bestimmt nicht zugetraut. Vor meinem geistigen Auge sehe ich, wie ich im Job-Center in ihrem Zimmer mich lässig auf den Stuhl setzen und ganz nebenbei erwähnen würde: «Ach übrigens, ich hab den Job!»

«Sie lügen», würde sie mich anzischen, hin und her gerissen zwischen dem verzweifelten Wunsch, mir zu glauben, und der aus langjähriger Erfahrung mit mir resultierenden sicheren Gewissheit, dass nicht wahr sein konnte, was ich ihr da erzählte.

Ich konnte es ja selbst kaum glauben.

Das Bewerbungsgespräch für den Ein-Euro-Job war so völlig anders verlaufen, als ich es mir vorgestellt hatte. Aus Gründen, die ich mir selbst nicht erklären konnte, hatte Frau Steputat mich nie zu einem Bewerbungsseminar gezwungen, sodass ich völlig ahnungslos war, wie man sich zu verhalten hatte.

Um mich ein wenig mit der Situation vertraut zu machen, bat ich meine Frau, die Situation in einem Rollenspiel mit mir zu üben, wobei sie die Rolle des Chefs übernehmen sollte. Ich hatte im Internet ein paar typische Fragen herausgesucht, die in Bewerbungsgesprächen immer wieder gestellt wurden. Diese sollte sie mir jetzt stellen. Ein wenig mulmig war mir dabei, denn es war nicht ausgeschlossen, dass sie ihre Rolle als Chef missbrauchen würde. Und so war ich auch ziemlich aufgeregt, als ich ihr die Hand zur Begrüßung reichte.

«Iiih, du schwitzt ja», bemerkte meine Frau angewidert, als sie ihre Hand wieder aus meiner befreit hatte. Das war verletzend, aber ich versuchte, in meiner Rolle zu bleiben und das Beste aus der Situation zu machen.

«Ja», sagte ich selbstbewusst, «ich schwitze. Ich schwitze, weil ich sehr aufgeregt bin. Und ich bin sehr aufgeregt, weil es mir eine so große Ehre ist, hier bei Ihnen persönlich vorsprechen zu dürfen.»

«Gut», sagte meine Frau und begann mit der ersten Frage: «Warum haben Sie sich für unser Unternehmen entschieden?»

«Ähm, wegen JobCenter», antwortete ich, plötzlich unsicher geworden. Diese Frage hatte ich nicht gleich zu Anfang erwartet.

Meine Frau rollte mit den Augen. «Im ganzen Satz», forderte sie mich auf. «Immer im ganzen Satz sprechen.»

«Ach so, ja, ähm, das JobCenter hat mich auf Sie aufmerksam gemacht.»

Puh, da war ich etwas holprig ins Gespräch gestartet. Ich atmete tief durch und wartete auf die nächste Frage.

«Haben Sie sich auch bei anderen Unternehmen beworben?»

«Nein, so gut wie noch nie», antwortete ich wahrheitsgemäß und ohne ins Stocken zu geraten. Ich merkte, wie ich langsam lockerer wurde, und nahm die Hände von der Katze, in die ich angespannt meine Finger gekrallt hatte.

«Welche Stärken und welche Schwächen zeichnen Sie aus?»

Diese Frage war eine echt harte Nuss, und ich krallte erneut meine Finger in die Katze. Ich wusste nicht, wo ich bei den Stärken anfangen und wo bei den Schwächen aufhören sollte. Schließlich entschied ich mich für einen Kompromiss. «Keine», sagte ich kurz und knapp.

Meine Frau fuhr fort: «Warum sollten wir uns gerade für Sie entscheiden?»

«Weil Frau Steputat sonst Ärger macht», erwiderte ich, nun wieder gelassener. Es war eindeutig eine Sache der Übung. Man durfte sich nicht verrückt machen lassen. Die nächsten Fragen liefen daher auch wie geschmiert.

«Wo sehen Sie sich in fünf Jahren?»

«Beim JobCenter.»

«Wieso haben Sie so lange studiert?»

«Hab ich gar nicht, das war nur ein Jahr.»

«Wie sehen Ihre Gehaltsvorstellungen aus?»

«Ein Euro fünfzig die Stunde.»

Nur die letzte Frage brachte mich noch einmal kurz aus der Fassung.

«Können Sie Verantwortung übernehmen?», fragte meine Frau bedrohlich ernst.

Nach einem Moment der Überlegung begnügte ich mich schließlich mit einer kreisenden Kopfbewegung, die man sowohl als Kopfschütteln wie als Nicken hätte interpretieren können.

Das war doch gar nicht so schlecht gelaufen. Ich bedankte

mich bei meiner Frau, die auf meine Nachfrage, wie ich mich geschlagen hätte, die reichlich rätselhafte Antwort gab, sie könne mir das nicht sagen, weil sie mich nicht verletzen wolle.

Nun galt es, sich den weiteren Dingen rund um das Bewerbungsgespräch zu widmen. Dutzende Internetseiten versprachen einem die richtigen Tipps.

Es war ein Wahnsinn, was man alles beachten musste. Zunächst ging es um die Vorbereitung. Umgangston, Kleidung, Frisur und Anreise waren die Stichpunkte, über die man sich Gedanken machen sollte. Vor allem die Frisur machte mir Sorgen. Wo sollte ich jetzt auf die Schnelle noch eine vernünftige herbekommen? Unter dem Punkt «Kleidung» wurde empfohlen, die eigenen körperlichen Reize nicht zu offen zur Schau zu stellen. An dieser Stelle haderte ich mit mir. Sicherlich konnte es einen schlechten Eindruck machen, zu einem so seriösen Termin in einem ärmellosen T-Shirt und in kurzen Jeanshosen aufzukreuzen, andererseits lag genau hierin meine Chance.

Schon der Ansatz meiner so reizvoll behaarten Unterschenkel könnte die Lücken in meinem Lebenslauf kompensieren und meine muskulösen Oberarme von der Tatsache ablenken, dass ich eigentlich für jede Art von Arbeit denkbar ungeeignet war.

Sicher, es war trotzdem ein Risiko, aber ich beschloss, es einzugehen. Mein Körper war einfach meine größte Trumpfkarte.

Die Anreise war im Prinzip kein Problem, die angegebene Adresse war nur fünf Minuten Fußweg von meiner Wohnung entfernt. Aber im Internet wurde empfohlen, bei sehr frühen Terminen bereits am Abend vorher anzureisen und im Hotel zu übernachten. Mein Termin war um zwölf Uhr. Das war mit Sicherheit sehr früh, aber vielleicht konnte man diesen Punkt ja vernachlässigen.

Die restlichen Tipps konnte ich mir unmöglich merken, sodass ich die Seiten ausdruckte und am nächsten Tag mitnehmen wollte, um im Notfall darauf zurückgreifen zu können.

Es war tags darauf, fast zwölf Uhr. Ich war verdammt nervös, und der Schweiß floss mir trotz der lockeren Kleidung in Strömen aus allen Poren. Als ich vor der angegebenen Adresse stand, einem kleinen Laden in der Langhansstraße, klopfte ich an die Tür. Selbstbewusst, sodass man gehört wurde, aber nicht so, dass sie wackelte, wie ich den Tipps auf meinem Ausdruck entnahm. Mein potenzieller zukünftiger Chef öffnete die Tür.

«Ich bin Jochen», sagte er und streckte mir die Hand entgegen.

«Moment», erwiderte ich und blätterte in meinen Notizen. Mit vollem Namen vorstellen, den Namen des Gesprächspartners einprägen und im Gespräch gelegentlich einbringen, zudem deutlich über 50 Prozent selbst reden. Okay, das kriegte ich hin.

«Hallo, Jochen, mein vollständiger Name ist Robert Naumann. Jochen, als einzige Anforderung für diese Arbeitsgelegenheit mit Mehraufwandsentschädigung wurde ‹Arbeitslosigkeit› erwartet. Und ich freue mich, Jochen, das Anforderungsprofil zu 100 Prozent erfüllen zu können. Meine Gehaltsvorstellungen, Jochen, bewegen sich im gängigen Tarif zwischen einem und einem Euro fünfzig die Stunde.»

Jochen musterte mich einmal von oben bis unten, dann erklärte er mich für eingestellt.

«Gut», sagte er, «am Montag um acht geht's los. Da erfährst du dann alles Weitere!»

Ich war baff. Das sollte alles gewesen sein? Ich war nicht bereit, mich so abspeisen zu lassen. Doch bevor ich protestieren konnte, bat mich Jochen hinaus und schloss die Tür hinter sich.

Auf dem Nachhauseweg grübelte ich darüber nach, was wohl den Ausschlag dafür gegeben hatte, dass ich mich in weniger als einer Minute so nachdrücklich hatte empfehlen können. Und mir war so, als könne ich mich erinnern, dass Jochens Blick bei seiner kurzen Musterung ein wenig länger als nötig auf meinen Beinen hängengeblieben war. Da hatte ich mich so glänzend vorbereitet, gestochen hatte letztlich doch nur meine Trumpfkarte.

Wenn ich wollte, könnte ich auch Staatsanwalt sein wie Neles Papa – ich will aber nicht

Montagmorgen, sieben Uhr. Ich sitze mit Frau und Kindern am Frühstückstisch, und etwas ist anders als sonst. Hannah bemerkt es als Erste: «Papa, du hast ja deinen Bademantel gar nicht an. Du bist ja richtig angezogen!»

Auch Emma starrt mich nun verblüfft an. «Musst du zum JobCenter?», fragt sie, weil es die einzige vernünftige Erklärung für sie ist, warum ich um sieben Uhr morgens vollständig bekleidet am Frühstückstisch sitze.

«Nein», sage ich feierlich, «ich gehe arbeiten.»

«Na ja, so was in der Art», wirft meine Frau ein. Mit einem scharfen Blick bringe ich sie zum Schweigen.

«Boah», staunt Hannah, «so wie der Papa von Nele aus meiner Klasse? Der ist Staatsanwalt und verdient 8000 Euro.»

«Ähm, so ähnlich», weiche ich aus und hoffe, dass keine weiteren Fragen kommen. Blöde Angeber-Nele. Blöder Angeber-Papa von Angeber-Nele.

«Die haben eine riesige Wohnung mit fünf Zimmern», erzählt Hannah weiter. «Und Nele hat einen eigenen Fernseher im Zimmer!»

«Ja-ha», gebe ich zu bedenken, «dafür muss Neles Papa aber ganz viel arbeiten und ist bestimmt selten zu Hause.»

«Genau», sagt Hannah, «das ist ja das Tolle. Die Mama von Nele muss auch ganz viel arbeiten, und darum hat Nele total oft sturmfreie Bude und kann machen, was sie will.»

«Na gut», sage ich, «wenn ihr wollt, dann suche ich mir auch einen Job, wo ich 8000 Euro verdiene. Aber dann hab ich keine Zeit mehr, euch bei den Mathehausaufgaben zu helfen oder euch von der Schule abzuholen, wollt ihr das? Wollt ihr das wirklich?»

Die Kinder flehen mich an, nichts dergleichen zu tun. Sie würden die vielen Stunden so genießen, in denen ich mit ihnen Mathe pauken würde, und es sei so wunderbar, dass sie als Einzige aus ihren jeweiligen Klassen noch von der Schule abgeholt würden. Zumindest ist das die Reaktion, die ich erwartet habe. Stattdessen sieht Emma demonstrativ aus dem Fenster, während Hannah die Butter auf ihrem Brötchen hin- und herstreicht. Wollen sie etwa wirklich, dass ihr Papa seine gute Stelle zu Hause aufgibt und malochen geht? Trauen sie sich nur nicht, mir das zu sagen? Meine Frau traut sich schon. «Also, ich würde es gut finden», sagt sie, ohne sich auch nur ansatzweise für ihre Bemerkung zu schämen.

«Ich geh doch ab heute», sage ich säuerlich, «nur mit den 8000 Euro klappt das eben noch nicht.»

«Wie viel verdienst du denn?», fragt Emma und sieht mich erwartungsvoll an.

Ich rechne kurz: 1,50 Euro mal dreißig Wochenstunden mal vier macht 180 Euro im Monat. Das kann ich ihr nicht sagen. 180 Euro sind im Vergleich zu 8000 Euro, das wissen auch die Kinder schon, ganz wenig zu ganz viel.

«Es ist gar nicht wichtig, wie viel ich verdiene», versuche ich das Thema in eine andere Bahn zu lenken. «Wichtig ist, ob die Arbeit nützlich ist, die man macht.»

«Und was machst du?», fragt Hannah.

«Irgendwas mit Bühnendekoration, so richtig weiß ich das noch gar nicht. Das ist auch nur so eine Art Vorbereitung für eine richtige Arbeit später. So wie ihr euch in der Vorschule auf die Schule vorbereitet habt.»

Die Kinder sind verwirrt. «Dann ist das also doch keine richtige Arbeit?»

Das wird mir zu kompliziert. «So», beende ich das Gespräch, «ihr müsst los zur Schule, ich muss los zur Arbeit. Und denkt dran: Strengt euch an in der Schule, ihr wisst ja, ihr sollt mal Abitur machen und studieren.»

«Ja», stöhnen die Kinder wie aus einem Munde, «weil wir dann mehr Chancen haben und uns eine Arbeit aussuchen können, die uns Spaß macht.»

«Genau», bestätige ich.

Hannah hat noch eine Frage. «Sag mal, Papa, hast du nicht auch Abitur gemacht und studiert?»

«Ähm», sage ich, «so ähnlich. Aber jetzt müssen wir wirklich los!»

Ein halbes Jahr raus aus der Statistik

Sitze im Laden in der Langhansstraße und starre auf die Uhr. Der Laden ist eine Kombination aus kleiner Werkstatt und Büro und gehört dem Kindertheaterprojekt. Es ist meine neue Arbeitsstelle beziehungsweise meine Arbeitsgelegenheitsstelle. Ist ja keine richtige Arbeit, dieser Ein-Euro-fünfzig-Job, sondern eine Arbeitsgelegenheit mit Mehraufwandsentschädigung, eine AGH-MAE. Aus der Arbeitslosenstatistik bin ich aber trotzdem raus. Keine richtige Arbeit, aber auch nicht richtig arbeitslos, wir Ein-Euro-Jobber sind wie Schrödingers Katzen in einem Überlagerungszustand, wir sind die Hermaphroditen der Arbeitswelt, gefangen im Fegefeuer zwischen Hölle (Arbeitslosigkeit) und Himmel (richtige Arbeit).

Der Sekundenzeiger der Uhr ist einmal herumgewandert. Wieder zweieinhalb Cent verdient. Das klingt erst mal wie leicht verdientes Geld, aber wenn man sechzig Mal zugucken muss, wie der Sekundenzeiger die Runde macht, um einen Euro fünfzig zu verdienen, ist man hinterher ganz schön geschafft. Und es kommen ja nochmal fünf Stunden dazu, bis so ein Arbeitsgelegenheitstag rum ist. Ich könnte natürlich auch irgendetwas anderes machen, als auf die Uhr zu starren, aber dann verpasse ich womöglich meinen Feierabend.

Denn obwohl gar nichts zu tun ist, muss ich bis 15 Uhr im Laden bleiben, falls eine Kontrolle vom JobCenter auftaucht. Für diesen Fall liegen ein Hammer auf dem Tisch, eine Kiste mit Nägeln sowie zwei Bretter. Da durch die langen Jahre meiner Arbeitslosigkeit und die vielen Besuche in den Häusern der Bundesanstalt für Arbeit meine Sinne derart geschärft und spezialisiert sind, dass ich einen Mitarbeiter des JobCenters auf

ICH, ARBEITSLOS, NUTZLOS, EIN KLOTZ AM BEIN DER GESELLSCHAFT …

DANN: 1-EURO-JOB! BACK IN THE GAME! DIE KNALLHARTE ARBEITSTRETMÜHLE HAT MICH WIEDER!

etwa zweihundert Meter Entfernung wittern kann, wird der Kontrollbesucher beim Betreten des Ladens einen emsigen Ein-Euro-Jobber vorfinden, der zwei Bretter zusammennagelt.

Jochen, der etwa vierzigjährige, seelenruhige und gemütliche Leiter des Kindertheaterprojekts, hatte sich wohl ein wenig verschätzt, als er gleich drei Ein-Euro-Jobber für die Herstellung der Bühnendekoration angefordert hatte, welche aus einem Tisch, zwei Hockern und einem Telefon bestand. Obwohl er uns drei angefleht hatte, langsam zu arbeiten und die Aufgaben auf das halbe Jahr zu verteilen, für das wir eingesetzt waren, hatten wir es nicht geschafft, länger als zwei Wochen an den Bühnenelementen zu basteln. Dann war guter Rat teuer gewesen. Und damit wir nicht zu dritt auf die Uhr starren mussten, hatten Carola, Manfred und ich uns einen Plan ausgedacht, in dem festgelegt war, wer von uns wann im Laden anwesend war, um für den Kontrollbesuch gewappnet zu sein. Das Fehlen der beiden anderen sollte der Anwesende damit erklären, dass diese im Baumarkt seien, um Material zu besorgen.

Während der Sekundenzeiger weiter seine Kreise dreht, erinnere ich mich voller Belustigung daran, welche Ängste ich vor Beginn dieser MAE-Maßnahme ausgestanden hatte. Bei Wikipedia hatte ich mich informiert, was so ein Ein-Euro-Job eigentlich für einen Zweck erfüllen sollte. Erschrocken hatte ich Folgendes gelesen:

Die Arbeitsgelegenheiten sollen Arbeitslose wieder an den Rhythmus des Arbeitstages und die Erwartungen des Arbeitsmarkts an ein gewisses Maß an Arbeitsdisziplin gewöhnen und so die Verwertbarkeit der Arbeitskräfte für Arbeitgeber wiederherstellen.

Angst und bange war mir geworden. Ich sollte wieder verwertbar gemacht werden für die Arbeitgeber. Was, wenn der Fall tatsächlich eintrat und ich verwertbar wurde? Sich die Arbeitgeber alle zehn Finger nach mir lecken und mir echte Jobs anbieten würden? Aus dieser Mühle kam man doch nie wieder raus! Einmal im echten Arbeitsleben drin, war es vielleicht genauso schwierig, da wieder herauszufinden wie aus der Langzeitarbeitslosigkeit.

Jetzt, etwa drei Monate später, muss ich über meine Sorgen von damals schmunzeln. Ich glaube nicht, dass mich dieser Ein-Euro-Job in irgendeiner Hinsicht attraktiver für potenzielle Arbeitgeber macht. Allerhöchstens für den Job eines Uhrenbegutachters, falls es so etwas gibt. Auf diesem Gebiet dürfte ich inzwischen eine absolut konkurrenzlose Koryphäe sein. Ich könnte sogar, wenn ich wollte, jetzt noch ein paar Stunden dranhängen und weiter auf die Uhr starren. Aber genau jetzt ist es 15 Uhr, und ich habe Feierabend. Überstunden bekommen wir ja nicht bezahlt.

Diese Wahl war ja wohl manipuliert!

Dass man als Vater für seine Töchter kämpft wie ein Löwe, ist ja wohl Ehrensache. Völlig egal, worum es geht, wer recht hat und ob es überhaupt einen Grund zum Kämpfen gibt. Hauptsache, der Einsatz stimmt.

So wie neulich, als ich meine Töchter von der Schule abholte. Ich wühlte mich durch ein Meer von kleinen Bengels und Rotzgören, die auf dem Schulhof herumstanden. War gar nicht so einfach, meine beiden herauszupicken. Als ich es geschafft hatte, erzählte mir Hannah, dass sie bei der Wahl zum Klassensprecher der 3b knapp im Stechen geschlagen worden war. Mit zwei oder fünf Stimmen. Genau wusste sie es nicht mehr. Nele jedenfalls hatte gewonnen. Ich witterte Betrug. Gerade erst hatte ich in der Zeitung gelesen, dass Kinder aus Hartz-IV-Haushalten deutlich schlechtere Bildungschancen haben und generell benachteiligt werden. Hier war doch der offenkundige Beweis. Es war wohl nicht erwünscht, dass Hartz-IV-Hannah Klassensprecherin wurde.

Dieses Ergebnis konnte so nicht stehenbleiben. Auch wenn Hannah so tat, als wäre es ihr völlig schnuppe, ob sie nun Klassensprecherin war oder jemand anderes. Ich versuchte sie aufzustacheln. «Nele ist doof!», sagte ich ihr provozierend ins Gesicht. «Sie hat dir den verdienten Sieg gestohlen, weil sie mit unfairen Mitteln gekämpft hat. Denk doch mal nach: Ist dir nicht irgendwas Ungewöhnliches aufgefallen?»

«Nö!» Hannah schüttelte den Kopf. Sie knüpfte Freundschaftsbänder. Offenbar war ihr das wichtiger. Diese völlige Teilnahmslosigkeit machte mich wütend. «Hannah», sagte ich, «glaubst du vielleicht, 89 wäre die Mauer gefallen, wenn wir dagesessen und Freundschaftsbänder geknüpft hätten?»

Sie guckte mich stirnrunzelnd an. Dann sagte sie: «Hä?!»

Der Zusammenhang schien sich ihr nicht zu erschließen. Sie dachte nicht mal darüber nach.

Ich ließ meine Augen über den Schulhof schweifen. Eigentlich sahen die Rotzgören alle wie kleine Verbrecher aus. Irgendwo unter ihnen musste Nele sein. Da war sie! Ein nettes Mädchen. Früher mal gewesen. Jetzt Wahlbetrügerin, mit acht Jahren. Eine kriminelle Karriere hatte ihren Anfang gefunden.

Langsam ging ich auf sie zu, Hannah hinter mir herziehend. Sollte ich Nele gleich eine runterhauen oder erst mal mit ihr reden? Wahrscheinlich war erst reden und dann hauen besser als erst hauen und dann reden.

«Wie hast du die Stimmzettel manipuliert?», fragte ich sie brutal direkt.

Sie guckte mich zweifelnd an und brachte ebenso wie Hannah vor wenigen Minuten nur ein «Hä?!» heraus. Unbeeindruckt knüpfte auch sie weiter an ihrem Freundschaftsband.

«Welche Lobby hast du denn hinter dir, du Früchtchen?», setzte ich mein gnadenloses Verhör fort. Ich wusste es ja. Ein Herr Staatsanwalt als Papa hatte wahrscheinlich für die «richtige» Entscheidung gesorgt. Hatte er die Kinder bestochen? Sich die Stimmen für seine Tochter erkauft? So lief es doch auch in der großen Politik, warum sollte es hier im Kleinen anders sein? Aber Nele wusste natürlich angeblich von nichts.

Es würde schwierig sein, ihr etwas zu beweisen. Aber ich würde dafür sorgen, dass Nele nicht ungeschoren davonkam.

Entsetzt musste ich nun mit ansehen, wie Hannah und Nele ihre Freundschaftsbänder tauschten.

«Sag mal, spinnst du?», schimpfte ich mit Hannah. «Du schenkst deinem politischen Gegner ein Freundschaftsband?»

Hannah meinte, ich solle endlich mit dem Blödsinn aufhören, für Nele hätten sich eben ein paar mehr gemeldet als für sie, deswegen würden sie sich nicht zerstreiten.

Wie bitte? Hatte ich richtig gehört? Gemeldet? Das war gar keine geheime Wahl? Ich frohlockte. Damit war die Wahl ungültig. Es musste neu gewählt werden. Eine neue Chance für Hannah. Und dass Nele dann ganz zufällig verhindert sein würde, dafür würde ich schon sorgen.

«Das kommt überhaupt nicht in Frage! Seien Sie doch mal realistisch!», schmettert Frau Steputat mein Anliegen ab. Ich habe geahnt, dass es schwierig werden würde, aber dass sie gleich so ablehnend reagiert, macht mich einen Moment unsicher. Dabei müsste sie doch froh sein über meine Idee, eine Ich-AG zu gründen. Immerhin zeige ich damit die so oft von ihr verlangte Eigeninitiative und wäre für mindestens ein Jahr raus aus der Arbeitslosigkeit.

Dick auftragend versuche ich Frau Steputat glaubhaft zu versichern, dass es mir ernst ist: «Wissen Sie, diese AGH-MAE hat mir gezeigt, wie gut es mir tut, eine Struktur in meinem Leben zu haben, und wie schön es ist, nach getaner Arbeit den Feierabend genießen zu können, ohne ein schlechtes Gewissen zu haben. Ich bin das Rumlungern satt!»

«Das ist ja alles schön und gut», entgegnet Frau Steputat, «aber Schriftsteller? Das ist doch nichts Reelles.»

«Ich weiß», sage ich eifrig, «das klingt erst mal verrückt, aber meine Idee ist brillant. Kennen Sie James Joyce?»

«Ich nehme an, das soll ein berühmter Schriftsteller sein», seufzt Frau Steputat.

«Genau», erkläre ich, «und so richtig bekannt gemacht hat ihn sein Roman *Ulysses*, in dem er einen einzigen Tag im Leben eines Anzeigenakquisiteurs in Dublin beschreibt. Und jetzt kommt meine Idee!»

«Ich bin wahnsinnig gespannt», sagt Frau Steputat spöttisch.

«Ich schreibe auch so einen Roman», fahre ich fort, «nur nicht über einen Anzeigenwerber in Dublin, sondern über einen Arbeitslosen in Berlin. Aus der Ich-Perspektive, weil der Arbeitslose bin ja ich. Mindestens tausend Seiten werden das, über einen einzigen Tag. Da geht es dann auch um die ganzen Gefühle und Gedanken, die Arbeitslose so haben. Ich kenn mich doch da aus.»

«Und das wird dann ein Wahnsinnsbestseller», bemerkt Frau Steputat, «mit dem Sie so viel verdienen, dass Sie nie wieder Hartz IV beantragen müssen.»

«Genau», lächle ich sie an.

Meine Sachbearbeiterin lächelt zurück. «Und wie kommen Sie darauf, dass Sie schreiben können? Haben Sie da vielleicht irgendeine Umschulung zum Schriftsteller gemacht, von der ich nichts weiß?»

«Ich hab früher schon Geschichten geschrieben», versuche ich weiter Überzeugungsarbeit zu leisten, «manche wurden auch in Zeitungen abgedruckt. Und als Selbständiger hätte ich auch keine Probleme mit Arbeitgebern. Einen Versuch ist es doch wert.»

Frau Steputat denkt nach. Meine letzten Argumente scheinen ihre Gegenwehr ein wenig gebrochen zu haben.

«Passen Sie auf, Herr Naumann. Ich kann Sie nicht daran hindern, einen Antrag zu stellen. Vielleicht gefällt meinem Teamleiter ja Ihre Idee, der entscheidet nämlich darüber. Ich brauche eine Kurzbeschreibung und einen Businessplan, also welche Einnahmen Sie erwarten und welche Ausgaben, und den leite ich dann weiter.»

«Danke, Frau Steputat», sage ich und reiche ihr die Hand. «Vielleicht sehen wir uns ja nie wieder.»

Mein Chef ist eine Niete

Suboptimal» ist wohl der korrekte Euphemismus für die Bewertung meiner bisherigen Tätigkeit als Ich-AG. Dabei hatte alles so gut angefangen. Auch wenn Frau Steputat sich zunächst gesträubt hatte, hatte sie schließlich doch meinen Antrag auf Gründung einer Ich-AG als Schriftsteller an ihren Teamleiter weitergeleitet, und dieser hatte offenbar ein Herz für Dichter.

Am Wochenende vor meinem ersten Tag als selbständiger Autor kribbelte es vor Aufregung am ganzen Körper, und ich hatte Mühe, meinen Tatendrang bis zum Montagmorgen im Zaum zu halten. Schließlich hatte ich mir einiges vorgenommen. Einen Roman hatte ich ja schreiben wollen, ein epochales Werk über einen Tag im Leben eines Arbeitslosen, vergleichbar mit dem *Ulysses* von James Joyce. Nun ja, woran es gescheitert ist, das habe ich dann den Herren in der Talkshow erklärt, zu der man mich als Ich-AG mit besonders außergewöhnlicher Geschäftsidee eingeladen hatte. Zum Glück gibt es eine Aufzeichnung davon:

Talk um Eins – mit Karl-Heinz

Unser Thema heute: Deutschland im Aufschwung

Im Gespräch mit dem Kleinunternehmer Robert Naumann

Karl-Heinz: Herr Naumann, Sie sind einer der mutigen Langzeitarbeitslosen, die ihr menschenunwürdiges, parasitäres Dasein als vormittäglicher Talkshow-Konsument aufgegeben und sich eingereiht haben in die Schar jener, die die Ärmel hochgekrempelt und ihr Schicksal in die eigenen Hände genommen haben.

Aus welcher Motivation heraus haben Sie sich zu diesem Schritt entschlossen? Ging es Ihnen auch um Deutschland? Sehen Sie sich als kleines Rädchen an der großen Kurbel, die Deutschlands Wirtschaft vorantreiben soll? Oder ist der Fernseher kaputtgegangen?

Robert Naumann: Sicherlich war der letzte Punkt die treibende Kraft, aber man muss natürlich auch an das große Ganze denken. Wenn sich durch meine unternehmerische Tätigkeit meine Kaufkraft erhöht, kann ich mehr sinnloses Zeug konsumieren. Dadurch wiederum können die Firmen mehr Einnahmen erzielen und neue überflüssige Fabriken bauen, durch die Tausende neue Niedriglohnarbeitsplätze geschaffen werden. Tausende Hartz-IV-Empfänger erhalten so die Chance, zwangsweise eine Arbeitsstelle anzunehmen, die ihnen immerhin so viel Geld einbringt, dass nur noch ein kleiner Zuschuss vom JobCenter notwendig ist, um ihre Grundsicherung zu gewährleisten. Als kleines Rad im Getriebe Teil dieses dynamischen Prozesses zu sein erfüllt mich mit Stolz.

Karl-Heinz: Das freut mich von einem ehemals genüsslich an unseren Steuergeldern saugenden Blutegel zu hören. Umso schöner, dass Sie den Absprung geschafft haben.

Herr Naumann, Sie waren zehn Jahre arbeitslos, und der Schritt in die Selbständigkeit war sicher wie ein Sprung ins kalte Wasser. Schildern Sie uns doch bitte einmal, wie sich der erste Tag gestaltet hat!

Robert Naumann: Schwierig. Ein klassischer Fehlstart. Also, bis zum Frühstück hatte ich ein gutes Gefühl. Ich brannte vor Ehrgeiz darauf, der Gesellschaft etwas zurückzugeben. Aber nach dem Frühstück war das wie weggeblasen. Ich war auch noch ziemlich müde. Und da hab ich mich dann noch mal ins Bett gelegt.

Karl-Heinz: Aber Herr Naumann! Müdigkeit kann man doch überwinden. Sie sind jetzt Ihr eigener Chef, das muss doch beflügeln!

Robert Naumann: Genau da liegt das Problem. Ich bin mein eigener Chef. Und mein Chef hat eine dermaßen schlampige Arbeitsmoral, dass es für mich als gelernten Arbeitsverweigerer eine Freude war, mit ihm zusammenzuarbeiten. Man kann eben schwer aus seiner Haut.

Karl-Heinz: Na gut. Sie hatten also Startschwierigkeiten. Bei Ihrer Vita ist das keine Überraschung. Aber jetzt, einige Wochen später, dürften alle Hindernisse beseitigt sein und der Motor auf Hochtouren laufen, oder?

Robert Naumann: Aber nein, wo denken Sie hin. Mit so einem Chef verdirbt man's sich doch nicht. Bis mittags schlafen, Alkohol am Arbeitsplatz, damit hat er keine Probleme. Im Gegenteil. Was haben wir zusammen gesoffen während der Arbeitszeit. Diese Atmosphäre durch Arbeit zu zerstören wäre in meinen Augen glatter Wahnsinn.

Karl-Heinz: Nun, offenbar ist bei Ihnen Hopfen und Malz verloren. Wie wollen Sie dem Wirtschaftsstandort Deutschland jemals wieder ruhigen Gewissens in die Augen blicken?

Robert Naumann: Diese Frage steht, ehrlich gesagt, auf der Liste meiner dringlichen Fragen nicht in den Top Ten. Viel wichtiger ist für mich die finanzielle Frage. Das Geld reicht hinten und vorn nicht. Für Nahrungsmittel und diverse Alkoholika bleibt kaum was übrig. Die Nahrungsmittel kann man zur Not auch weglassen. Dann meckert zwar meine Frau, aber wenn ich sage, dass mein Chef schuld ist, wagt sie nicht aufzumucken. Sie weiß zwar, dass ich mein eigener Chef bin, aber das ist alles zu verwirrend für sie.

Karl-Heinz: Aber wovon leben Sie denn überhaupt?

Robert Naumann: Meine Frau bekommt Gott sei Dank Hartz IV. Das teilt sie brüderlich mit mir, und ein bisschen was fällt sogar noch für die zwei Kinder ab.

Karl-Heinz: Herr Naumann, noch eine kurze Prognose von Ihnen zum Abschluss: kommt die Vollbeschäftigung?

Robert Naumann: Mit mir bestimmt nicht!

Karl-Heinz: Ich danke Ihnen für das Gespräch!

Im Rausch der Geschwindigkeit

Das Klischee zu widerlegen, dass Arbeitslose ja den ganzen Tag Zeit hätten, war die Motivation für meinen Versuch, als Schriftsteller-Ich-AG einen Roman über einen Tag eines Arbeitslosen zu schreiben. Aus bereits erläuterten Gründen hat das noch nicht ganz geklappt.

Aber es gab noch einen weiteren Grund: Die Idee für das Buch war unausgegoren, wie ich feststellen musste. Es war absolut unmöglich, selbst wenn ich die Disziplin aufgebracht hätte, tausend Seiten vollzuschreiben über einen meiner Arbeitslosentage. Da passierte einfach zu wenig, das konnte man keinem Leser zumuten. Es war nämlich gar kein Klischee, ich hatte unglaublich viel Zeit. Nur die Zeitwahrnehmung verschiebt sich bei Arbeitslosen. Das habe ich dann auch auf immerhin zwei oder drei Seiten versucht literarisch umzusetzen:

> Liege im Bett und überlege, ob es sich lohnt, die Augen aufzumachen. Es ist kaum anzunehmen, dass man überraschenderweise mal was Neues sieht. Obwohl – wer weiß! Die Hoffnung stirbt zuletzt, und wer nicht wagt, der nicht gewinnt. Ich öffne vorsichtig ein Auge. So, schnell wieder zu. Ich hatte es geahnt. Nach wie vor die hässlichen weißen Deckenplatten vom Vormieter. Warum hat die noch keiner abgerissen? Das macht einen ja depressiv. Mein Tag ist leider zu kurz, um das zu erledigen. Ich würde es gerade schaffen, die Leiter hinzustellen, dann würde die Sonne schon wieder untergehen. Meine Tage sind immer kürzer als die aller anderen Menschen, das hängt wohl mit Einsteins Relativitätstheorie zusammen. Weil ich mich aus Protest gegen die Großstadthektik langsamer

bewege und langsamer denke, verstreicht die Zeit für mich viel schneller.

Eben war noch gestern, jetzt ist plötzlich heute Mittag. Das macht einen fix und fertig. Mit diesem Geschwindigkeitsrausch komme ich nicht klar. Die Erde könnte sich ruhig weniger rasant drehen. Oder von mir aus überhaupt nicht. Weder um sich selbst noch um die Sonne. Besser: Sie müsste an einer günstigen Stelle stehen bleiben, irgendwann im Sommer um fünf Uhr nachmittags. Aber sie dreht sich wie von Sinnen, was mir allein physikalisch ein Rätsel ist. Angeblich befindet sich ja in ihrem Innern so ein großer Magnet – aber ergibt das einen Sinn? Ich tippe eher auf einen geistesschwachen Riesenhamster, der unsere Mutter Erde als Laufrad missbraucht.

Denn es ist doch so: Kaum ist man aufgestanden, legt man sich schon wieder hin. Die Zeit reicht gerade dafür aus, um etwas Nahrung zu sich zu nehmen und zehn nach sechs *Die Simpsons* zu gucken, um kulturell nicht zu verkümmern. Mir ist zu Ohren gekommen, dass es Fanatiker geben soll, die zwischendurch noch auf Arbeit gehen, ich halte das für ein ziemlich unglaubwürdiges Gerücht.

Vielleicht mache ich ja auch was falsch. Vielleicht ist es nur eine Frage der Koordination. Meine Frau beginnt jeden Morgen damit, sich auf einem DIN-A3-Bogen Stichpunkte zu notieren, welche Dinge sie den Tag über erledigen möchte. Oft sitzt sie noch bis spät in die Nacht an dem Plan, das nimmt sie völlig in Anspruch. Natürlich fehlt die Zeit, den Plan zu erfüllen, aber allein der Vorsatz gibt ihr ein befriedigendes Gefühl.

Ich kann mich nicht mal dazu aufraffen, einen Plan zu schreiben. Was sollte da auch drinstehen? 7–12 Uhr aufwachen, 12–13 Uhr Mittagessen, 13–19 Uhr Mittagsruhe, 19 Uhr Feierabend, 20–23 Uhr Fertigmachen fürs Bett. Hm, 13–19 Uhr Mittagsruhe, das scheint mir der Punkt zu sein, wo man vielleicht mehr rausholen könnte. Was mache ich da eigentlich immer? Im Moment ist es 15 Uhr, ich kann das gleich überprüfen. Aha, ich sitze an meinem Schreibtisch, rubble mit der Hand über meine Kopfhaut und sehe zu, wie die Schuppen niederfallen und meinen Schreibtisch in eine Winterlandschaft verwandeln. Seit ich denken kann, habe ich Schuppen, und seit ich Schuppen habe, lasse ich sie auf Schreibtische rieseln. Ich habe noch nie über das «Warum» nachgedacht. Es ist wie ein Pawlow'scher Reflex. Sehe ich einen Schreibtisch, bewegt sich meine rechte Hand in Richtung Kopf, fährt mechanisch über mein Haar und gibt erst Ruhe, wenn der Tisch bedeckt ist. Eine ziemlich sinnentleerte Tätigkeit, wie mir jetzt bewusst wird. Und zeitintensiv. Das dauert schon eine Weile, bis so ein Tisch weiß ist.

Wer stört mich da in meinen Gedankengängen? Ah, meine Frau. «Na», sagt sie, «lässt du wieder Schuppen rieseln?»

«Ja klar, wie immer.»

«Na, ich muss dann meinen Plan weiterschreiben.»

Sie verschwindet wieder. Wahrscheinlich stand auf ihrem Plan: «15 Uhr: mit Robert kommunizieren», das kann sie dann abhaken.

Ob ich auch weitermache mit dem Schuppenrieseln? Da sind noch einige freie Stellen auf dem Tisch. Vielleicht kriege ich ja sogar eine abstrakte Zeichnung hin, in mir steckt doch eine Menge kreatives Potenzial. Aber heute wird das nichts mehr, ich muss mich langsam auf den Feierabend vorbereiten. Nicht, dass er ganz unvermittelt über mich hereinbricht. Vielleicht stelle ich ja morgen auch die Leiter hin und kann dann übermorgen mit den Deckenplatten anfangen. Ganz schön verrückt. Hat mich wohl der Eifer gepackt. Besser, ich schlafe noch mal drüber. Und jetzt hab ich Feierabend.

In Zimmer 211

«Na, Herr Naumann, Sie haben es wohl ohne mich nicht ausgehalten.»

Frau Steputat hat einen Witz gemacht. Alles habe ich erwartet, nur nicht das. Gewappnet hatte ich mich gegen Vorwürfe und minutenlange Tiraden – und vorsichtshalber eine Packung Mon Chéri eingepackt, um Frau Steputat zu besänftigen. Aber es scheint sie nicht zu stören, dass ich nach einem erfolglosen Jahr als Ich-AG nun wieder vor ihr sitze. Im Gegenteil, sie scheint fast erfreut zu sein, mich wiederzusehen. Ich muss aufpassen, dass mir mein Feindbild nicht abhandenkommt.

«Hat nicht ganz so geklappt mit Ihrer Schriftstellerei», fährt sie fort. «Aber ich glaube, das war uns beiden von Anfang an klar.»

«Ich habe wirklich mein Bestes gegeben», erkläre ich. «Im Rahmen meiner Möglichkeiten.»

«Ich glaube Ihnen ja, Herr Naumann», sagt Frau Steputat milde und schüttelt sich ein paar tic tacs auf die Handfläche. «Wichtig ist jetzt nur, dass Sie diese Flausen aus dem Kopf bekommen und sich darauf konzentrieren, was wirklich machbar ist.»

«Immerhin war ich ein Jahr nicht arbeitslos», gebe ich zu bedenken.

«Und das ist schon ein klitzekleiner Erfolg, zugegeben. Aber den wollen wir doch ausbauen, nicht wahr?»

Ich nicke. Erst jetzt nehme ich wahr, dass Samantha offenbar ihre Pink-Phase überstanden hat. Auf dem neuen Foto trägt sie eine dunkelblaue Latzhose und ein hellblaues Basecap. Im Mundwinkel eine Schokoladenzigarette.

Frau Steputat bemerkt meinen Blick und lächelt. «Meine Kleine hat auch eingesehen, dass Popstar nicht das Richtige für sie ist. Sie will jetzt S-Bahn-Fahrerin werden.»

«Ah», bemerke ich anerkennend.

«Das ist was Reelles. Vielleicht sollten Sie sich in dem Bereich auch mal umsehen. Nicht als Fahrer, aber eventuell wäre Fahrscheinkontrolleur ja was für Sie?»

Ich muss Frau Steputat enttäuschen. «Das wäre wieder nicht kompatibel mit meinen politischen Ansichten», erkläre ich. «Ich finde, der öffentliche Nahverkehr müsste für jeden umsonst sein.»

«Ach, Herr Naumann», seufzt meine Sachbearbeiterin, «Sie mit Ihrer Politik. Das ist doch alles ...» Sie sucht nach einem passenden Wort und ergänzt schließlich: «... Quatsch mit Soße.»

Bevor ich protestieren kann, fährt sie fort: «Aber wir finden schon irgendwas Passendes für Sie, vielleicht sogar etwas, das Ihnen politisch in den Kram passt.»

«Okay», sage ich, «das wäre großartig. Und sonst bleibt alles beim Alten?»

«Nicht ganz.» Frau Steputat schüttelt den Kopf. «In Zukunft möchte ich acht Bewerbungsbemühungen pro Monat von Ihnen sehen. Es muss ja jetzt langsam mal wirklich was passieren.»

Na, danke, da habe ich wieder ein konkretes Feindbild.

Ein Schlaumeln muss durch das Land gehen!

Liege auf dem Sofa und lese in der Zeitung, dass die sinkenden Arbeitslosenzahlen Hoffnung auf eine kommende Vollbeschäftigung machen. Diesen Schock muss ich erst einmal verdauen. Die Welt da draußen schafft es doch immer wieder, einen aus seinen Träumen zu reißen. Die Rechnung haben sie aber ohne mich gemacht, denn ich werde eine Anti-Bewegung gründen. Darum liege ich auf dem Sofa, angeschmiegt an mein Sofakissen. Ein Sofakissen übrigens, das durchaus herzeigbar ist. Nicht so ein schlaffer Waschlappen wie in manchen deutschen Haushalten. Es ist ein Monster von einem Sofakissen, ein ganzer Kubikmeter pralles Trägheitssymbol. Wo man den Kopf drauflegen kann, oder die Füße. Wie man gerade lustig ist und nicht, wie der Chef sagt.

Ich überlege, wer eventuell mitmachen würde. Die Unterstützung meiner Frau habe ich jedenfalls, sie liegt auf dem anderen Sofa. Das ist schon mal ein Anfang.

Kein Ruck muss durch das Land gehen, sondern eine Welle des Phlegmas. Nicht mehr Arbeitsplätze müssen geschaffen werden, sondern weniger. «Mach mal Pause» wäre das Motto unserer Bewegung, und auf unseren Fahnen wäre ein Sofakissen aufgestickt, als Symbol für die Entschleunigung des Turbokapitalismus.

Unsere Anti-Bewegung wird Heerscharen von Anhängern um sich sammeln, welche die Arbeit in den Fabriken niederlegen und kostenlos Sofakissen an die Bevölkerung verteilen. Eine gewaltlose, unblutige, sanfte Revolution, mit der wir letztendlich die Regierung und ihre Strippenzieher einlullen und ihrer

Handlungsfähigkeit berauben. Neue Kandidaten für die Regierung müssen nachweislich Langzeitarbeitslose oder Sozialhilfeempfänger gewesen sein, die mindestens einmal ein Angebot vom JobCenter abgelehnt haben. Ist die neue Regierung gebildet, wird als erste Amtshandlung die Pflicht zur Muße ausgerufen. Für eine Übergangszeit werden die Freizeitungeübten, die an Entzugserscheinungen leiden, in Entzugsanstalten verfrachtet, wo ihnen erfahrene Langzeitarbeitslose zur Seite stehen und sie im Schlaumeln trainieren. Von Psychotherapeuten werden sie behutsam auf ein Leben ohne Arbeit vorbereitet.

Die Fabriken werden von Freiwilligen in riesige Schlaumelcenter umgebaut, in denen es von Sofas und Monstersofakissen nur so wimmelt. Diese Schlaumelcenter dienen der geregelten Freizeit. Per Stechuhr wird überprüft, ob die gesetzlich vorgeschriebene Mindestaufenthaltsdauer von sechs Stunden pro Tag von allen eingehalten wird, aber die Schlaumelzeiten sind flexibel, da die Schlaumelcenter vierundzwanzig Stunden am Tag geöffnet sind. Sie sind eine große Attraktion und werden täglich von ausländischen Touristen besucht, die durch das Center hetzen müssen, weil sie von ihrem Chef nur drei Tage Urlaub im Jahr bewilligt bekommen haben. Staunend fotografieren sie die glücklichen Nichtstuer, um dann mit dem nächsten Flugzeug in die Heimat zurückzufliegen und in der Fabrik weiterzumalochen.

Auch bei uns, den Schlaumlern, gibt es Urlaub. Allerdings maximal zwei Wochen im Jahr, in denen man im Ausland als unterbezahlte Hilfskraft jobben darf, als Ausgleich für die restlichen fünfzig Wochen Freizeit. Wer dreimal hintereinander keinen Urlaub genommen hat, wird mit der «Freizeitkampfnadel in Gold» geehrt, die alljährlich am 2. Mai, dem internationalen Kampf- und Feiertag der Arbeitslosen, bei einer großen Gala verliehen wird.

An diesem besonderen Tag werden in den Städten riesige Festumzüge veranstaltet, die in einer Kundgebung vor den verwitterten JobCentern enden. Sie sind als Mahnmale für die Bevölkerung von der Abrissbirne verschont geblieben.

So oder so ähnlich könnte die Zukunft aussehen. Ich muss nur noch ein paar Leute überzeugen, bei diesem aussichtsreichen Vorhaben mitzumachen. Meine Frau zum Beispiel.

«Sag mal», frage ich sie, «kannst du nicht schon mal Sofakissen auf Fahnen sticken?»

«Och», antwortet sie, «lass uns vorher noch kurz schlaumeln.»

Warum ich später mal ein fieser Opa werde (Vielleicht sollte ich anfangen zu riestern)

Schlaumeln hin, schlaumeln her, es gibt wohl für die meisten kaum etwas Schöneres, als am Morgen des eigenen Geburtstags mit freudig zitternden Händen den Briefkasten zu öffnen und unter der Flut der herausquellenden Glückwunschkarten begraben zu werden. Auch ich kann mich da nicht ausnehmen, obwohl man das nicht vermuten würde, weil ich natürlich mit einer unglaublich coolen Fassade vor dem Briefkasten stehe. Das Zittern meiner Hände kann ich trotzdem nicht verhindern.

Während ich den Schlüssel ins Schloss stecke, frage ich mich, wie es möglich ist, dass dieser kleine Briefkasten imstande ist, die gewaltigen Mengen Glückwunschkarten und Briefe zu fassen, die ich erwarte. Als ich ihn öffne, fällt mir ein Otto-Katalog auf die Füße, und ein Flyer von einem Pizza-Lieferservice segelt haarscharf an meiner rechten Schläfe vorbei. Ich wusste doch, dass auf Otto Verlass ist, ebenso auf den Pizza-Lieferservice, dessen Flyer jeden Mittwoch im Briefkasten liegt. Aber da ist noch etwas. Ein Brief, tatsächlich, ein unscheinbarer grauer Umschlag, aber auf den Inhalt kommt es an. Bestimmt ist eine Geburtstagskarte mit einem Musikchip drin, wo dann die Melodie von «Happy Birthday» erklingt, wenn man sie aufmacht. Von meiner Mutter vielleicht oder von meinem Vater. Oder sie haben zusammengelegt. Ist ja nicht so billig, so eine Grußkarte mit Melodiechip.

Aber wenn weder meine Mutter noch mein Vater ihren Beruf gewechselt und mittlerweile bei der Rentenversicherung tätig sind, dann ist der Brief wohl einfach von der Deutschen Rentenversicherung in Berlin. So steht es jedenfalls auf dem Absender.

Aber noch gebe ich die Melodie-Grußkarte nicht auf. Immerhin zahl ich jetzt seit zwanzig Jahren in die Rentenversicherung ein, da ist ja wohl verdammt noch mal ein kleiner Gruß mit Musik nicht zu viel verlangt. Soll ich den Brief gleich hier im Hausflur öffnen? Aber das könnte unangenehm werden, falls die herzlosen Menschen von der Rentenversicherung mir eine Enttäuschung bereiten und ich meine coole Fassade nicht mehr aufrecht halten kann. Ich will nicht, dass mich einer meiner Nachbarn im Hausflur weinen sieht. Also oben in der Wohnung, schön in Ruhe und ganz feierlich, vielleicht zünde ich vorher eine Kerze an.

Als nach einer halben Stunde meine Tränen versiegt sind, weil das Stück Papier im Brief nach dem Öffnen außer Rascheln keinen Ton von sich gibt, bin ich so weit, mich mit dem Inhalt zu befassen. Es handelt sich um einen Rentenbescheid, der mich darüber informiert, dass ich, falls ich wegen gesundheitlicher Einschränkungen voll erwerbsgemindert wäre, momentan eine Rente von 283,99 Euro erhalten würde. In meiner augenblicklichen Verfassung bin ich auf jeden Fall erwerbsgemindert. Als kleiner Trost bleibt mir, dass ich mich, sollte ich tatsächlich bis zur Regelaltersgrenze erwerbsfähig bleiben und erst dann in Rente gehen, womit ich allerdings nicht rechne, über ein monatliches Ruhegehalt in Höhe von 351,37 Euro freuen kann. Zynisch proste ich mir selbst zu. Mit Tetrapak-Wein, denn ab heute ist Schmalhans Küchenmeister. Ich muss für meinen Lebensabend sparen.

Da geht man ein Leben lang arbeiten – und dann so was! Na gut, das ein oder andere Jahr Pause habe ich mir durchaus gegönnt. Und einmal überdauerte das Arbeitsverhältnis nicht mal einen Tag, wie bei meinem Einsatz als Hüpfburgbeaufsichtiger. Aber ich habe mich stets bemüht. Hätte ich jemals ein Arbeitszeugnis bekommen, dann hätte das auch so darin gestanden:

«Herr Naumann hat manchmal im Ansatz den Willen zur Bemühung erkennen lassen.»

Das muss doch reichen für eine vernünftige Rente! Aber nein, sie lassen einen am ausgestreckten Arm verhungern. Gut, dann sollen sie sehen, was sie davon haben. Dann werde ich eben ein total fieser «Früher war alles besser»-Opa, der mit seinem Gehstock den Kindern in der Straßenbahn gegen's Schienbein haut, wenn sie nicht schnell genug aufstehen, um ihm Platz zu machen. Grummelnd werde ich jugendlichen Auf-dem-Fußweg-Fahrradfahrern meinen Regenschirm in die Speichen schmeißen und mich dabei im Recht fühlen. Ich werde ein Schild an die Haustür hängen, auf das ich schreiben werde: «Du wirst lachen, diese Tür kann man zumachen!» Und ich werde mich mit einem Tetrapak Wein neben die Tür setzen und werde jeden Hausbewohner, der durchgeht, grimmig angucken und sagen: «Geht doch!», wenn er sie ordnungsgemäß geschlossen hat.

Das sind schöne Aussichten. Aber noch sind es dreißig Jahre bis dahin, falls ich tatsächlich bis zur Regelaltersgrenze erwerbsfähig sein sollte. Noch dreißig Mal Geburtstag feiern, noch dreißig rauschende Feste. Aber jetzt muss ich erst meinen aktuellen Geburtstag weiterfeiern. Niemand, auch nicht die Deutsche Rentenversicherung, kann mir den vermiesen. Noch ein guter Schluck Wein, und ab die Party. *Happy birthday to me, Happy birthday to me ...*

In Zimmer 211

Frau Steputat ist krank. Ihre rote Nase leuchtet das ganze Zimmer aus.

«Kommen Sie mir nicht zu nahe», sagt sie und streckt abwehrend die linke Hand aus, während sie sich mit der rechten die Nase putzt. «Ich will Sie ja nicht anstecken und arbeitsunfähig machen.»

Die Vorstellung gefällt mir, dass ich einen Termin bei meiner PAP absagen muss wegen einer Krankheit, die sie mir eingebrockt hat.

«Warum bleiben Sie denn nicht zu Hause?», frage ich ernsthaft verwundert.

«Weil ich hier gebraucht werde», klärt Frau Steputat mich auf. Die Erkältung hat ihre Stimme verändert, und sie hört sich nun an wie Schnatterinchen, das zu viel geraucht hat. «Da rennt man nicht wegen jedem Zipperlein zum Arzt», fährt sie schniefend fort. «Ich war ein einziges Mal in meinem Leben krankgeschrieben, und das war, als sie mir den Blinddarm rausgenommen haben.»

«Ihre Erkältung scheint mir aber auch nicht von Pappe zu sein», sage ich besorgt, «vielleicht ist das sogar eine ausgewachsene Grippe. Damit ist nicht zu spaßen.»

«Ach», winkt Frau Steputat ab, «das ist gar nichts. Ein bisschen Schnupfen, das ist alles. Kein Fieber, und rückwärts gefrühstückt habe ich auch noch nicht.»

«Rückwärts gefrühstückt?», hake ich verwirrt nach.

Meine PAP sieht mich erstaunt an. «Den Ausdruck kennen Sie nicht? Würfelhusten, Brocken lachen, klingelt es jetzt?»

Ratlos starre ich zurück und hebe die Schultern. Ich habe keine Ahnung, wovon sie redet.

«Erbrechen», erklärt Frau Steputat. «Das sind Synonyme für Erbrechen. Sie sollten sich ein Synonymwörterbuch zulegen, so als Möchtegernschriftsteller scheinen Sie das gebrauchen zu können.»

«Ah danke», entgegne ich. «Zum Thema Erbrechen fällt mir übrigens eine Geschichte ein. Sie werden es nicht glauben, aber die hat mit einem Job zu tun ...»

Warum ich schließlich doch kein Bauarbeiter wurde

Gestern hat die neue Kaufhalle aufgemacht. So richtig dran geglaubt hatte wohl keiner mehr hier in der Gegend. Manchmal sah man ein paar Bauarbeiter, die Hände auf die Schaufel, das Kinn auf die Hände gestützt, in lockerer Formation rumstehen. Bei einigen hatte ich Angst, dass die Schaufel unter ihnen wegbricht. Aber die Angst war unbegründet, die Schaufeln waren wohl gute Qualität. Ich machte zwei Fotos von den Bauarbeitern, frühmorgens und nachmittags, gab sie meinen Kindern und sagte: «Findet die sieben Unterschiede!» Sie fanden nur einen. Auf dem Nachmittagsfoto hatte sich ein Spatz dazwischengeschmuggelt.

Faszinierend, wie so ein Bauwerk scheinbar von allein in die Höhe wuchs. Ich fragte einen der Bauarbeiter, den ich für den Chef hielt, weil er sich auf die größte Schaufel stützte, wie das möglich sei. Er stieß einen Pfiff aus, und aus dem Rohbau kam ein vielleicht sechzehnjähriger, staubbedeckter Junge hervorgeklettert. Der Bauarbeiter klopfte ihm auf die Schulter und stellte ihn mir vor: «Kalle Krämer, zweites Lehrjahr.» Danach wandte er sich an den Auszubildenden: «Ach Kalle, *wir* machen Frühstück!» Wie auf Kommando fielen die Schaufeln zu Boden, die Männer setzten sich auf umgestülpte Eimer und packten ihre Stullenpakete aus. Kalle aber kletterte in den Rohbau zurück, und schon bald hörte man das monotone Rumpeln der Zementmischtrommel.

Na ja, dachte ich, Lehrjahre sind keine Herrenjahre. Da muss er durch, der Stift. Das Baugewerbe ist kein Zuckerschlecken. Ich wusste das aus eigener Erfahrung, auch wenn ich kein

Lehrling, sondern immer Hilfsarbeiter geblieben war – was aber letztlich keinen großen Unterschied macht. Ich studierte gerade auf Lehramt in Berlin, als ich in den Semesterferien meine ersten Erfahrungen bei einer Hoch- und Tiefbaufirma sammelte. Da ich enorme Höhenangst habe, spekulierte ich darauf, im Tiefbau eingesetzt zu werden, also wo man eher Keller oder so bauen müsste. Das dachte ich jedenfalls. Sehr schnell bemerkte ich aber, dass ich mich verspekuliert hatte. Das Erste, was mein Vorgesetzter zu mir sagte, nachdem ich mich vorgestellt hatte, war: «Geh mal da rauf!» Er zeigte auf ein zehnstöckiges Hochhaus.

«Erster Stock?», fragte ich hoffnungsvoll.

Er grinste. «Höhenangst, wa, nich schwindelfrei, wa, na geh ma aufs Dach.»

Die Querstreben am Gerüst gingen mir nur knapp bis zur Brust. Wie leicht konnte man da rüberfallen. Folglich ging ich in die Knie, sodass die Querstreben mir wenigstens bis zur Schulter reichten. Es war nicht leicht, in dieser Haltung zehn Stockwerke ein Gerüst hochzuklettern, zumal sämtliche Bauarbeiter ihre Tätigkeit unterbrochen hatten und meinen Aufgang johlend und pfeifend verfolgten. Auf dem Dach erwartete mich eine Überraschung. Jemand drückte mir einen Eimer in die Hand und sagte: «Geh ma wieder runter, mach mal 'ne Mischung, dann kommste wieder hoch!»

Sie hatten Humor, diese Bauarbeiter, das musste man ihnen lassen. So watschelte ich wieder runter und machte eine Mischung. Eine Mischung machen, das hieß: Wasser und ein graues Pulver im richtigen Verhältnis zu einer zähflüssigen Masse zu verrühren. War die Masse zu dünn, blieb sie nicht an der Wand kleben, war sie zu dick, passierte dasselbe. Man brauchte ungefähr zehn Jahre Erfahrung, um das richtige Mischverhältnis und die Mischtechnik einigermaßen zu beherrschen.

Und so war mein erster Arbeitstag ein ständiges Hoch und Runter. «Wat soll ick'n mit der Brühe?!», sagten sie und schickten mich wieder hinab zur Zementmischmaschine. Und das nächste Mal bekam ich zu hören: «Ist doch viel zu fest dit Zeug, wat machst du denn, bist du so 'n Intellektueller oder wat?»

Ja, sie hatten mich schnell durchschaut.

Um meine Höhenangst zu überwinden, begann ich viel Bier zu trinken, denn alle anderen machten das ebenfalls. Es erhöhte zwar nicht die Standfestigkeit, aber Selbstvertrauen und Selbstsicherheit wuchsen ins schier Unermessliche. Ich kam nun viel schneller nach unten, denn ich rutschte einfach an den Gerüststangen hinab. Und hoch hangelte ich mich an den Querstreben hinauf, was mir einigen Respekt bei den Bauarbeitern verschaffte. Den hatte ich dringend nötig, galt ich doch als «der Student mit den zwei linken Händen». In Intellektuellenkreisen hat man da noch die Chance, als liebenswerter Tollpatsch durchzugehen, auf dem Bau ist man nicht so feinfühlig.

Das war auch etwas, woran ich mich gewöhnen musste: die Derb- und Direktheit, mit der die braungebrannten starken Männer sich artikulierten. Große Verständigungsschwierigkeiten traten anfangs auf, wenn ich einfach nur versuchte, höflich zu sein. Lange rätselten die Bauarbeiter über meine ersten Sätze: «Herr Schröder, wenn Sie mir doch bitte liebenswürdigerweise den Hammer reichen würden.» Erst nach und nach gewöhnte ich mich daran, dass ein einfaches «Hammer!» vollauf genügte – und dass man mit Komplimenten eher sparsam umgehen sollte.

Es war eine faszinierende, fremde Welt, die ich betreten hatte und in der mir die ersten Schritte recht schwerfielen. Aber jedes Kind lernt mal Laufen. Ich gab mir die größte Mühe, alles richtig zu machen, denn insgeheim bewunderte ich diese grobschlächtigen Kerle, deren Körper nach ehrlichem Schweiß rochen und der Atem nach Bier und Fleischsalat. Ich wollte so werden wie sie. Und trotz meiner Abneigung gegenüber Fleischsalat stopfte ich ihn in mich hinein. Er schien neben Klappstullen das einzige Nahrungsmittel zu sein, das von den Arbeitern akzeptiert wurde. «Hm, lecker», murmelte ich standhaft in der Mittagspause, die wir auf dem Dach sitzend verbrachten. Dann rutschte ich am Gerüst runter, rannte ins Gebüsch und übergab mich. Immerhin hatte ich jetzt einen Atem, der sich riechen lassen konnte.

Anderes fiel mir nicht so leicht. Wie sollte ich wohl jemals zu einem solchen Bauch kommen wie der dicke Schröder, der die größte Anerkennung genoss, weil er das meiste Bier trank, den kräftigsten Geruch verströmte und so gut wie nie Hand anlegte. Richtig ackern mussten sowieso nur die Lehrlinge und Aushilfskräfte, zu denen ich ja zählte. Die echten Bauarbeiter standen in Gruppen herum und stützten sich auf ihre Schaufeln. Manche von ihnen beherrschten perfekt das Kunststück, sich außer zum Biertrinken stundenlang nicht zu bewegen. Sehnsüchtig blickte ich immer wieder vom Zementmischen auf und weidete meine Augen an diesem Bild.

Dennoch spürte ich, dass es nicht mehr lange dauern würde, bis ich einer von ihnen war. Ich spielte mit dem Gedanken, das Studium sausenzulassen und ein echter Bauarbeiter zu werden. Und in Vorfreude darauf begann die glücklichste Zeit meines Lebens. Oft stand ich schon lange vor Schichtbeginn an meinem Arbeitsplatz, in einer Hand den Beutel mit den Klappstullen, in der anderen den Eimer Fleischsalat. Zufrieden seufzend beobachtete ich dann, wie die aufgehende Sonne die Baustelle in ein güldenes Licht tauchte. Ein paar Wochen vergingen, in denen ich schon einige kleinere Erfolge feiern konnte, unter anderem einen zwar kaum sichtbaren, aber immerhin vorhandenen Bauchansatz.

Nie werde ich den Tag vergessen, als ich wieder einmal verstohlen zu den echten Bauarbeitern hinüberschielte und wie der dicke Schröder mich zu ihnen winkte, mir wortlos eine Schaufel reichte und anerkennend zunickte. Ich hatte es geschafft! Ich wünschte, meine Eltern hätten sehen können, wie ihr stolzer Sohn lässig die Schaufel in die Erde rammte und bewegungslos verharrte.

Doch das Glück währte nur kurz, genauer: bis zur Mittagspause. Wie jeden Tag stopfte ich Fleischsalat in mich hinein, rannte ins Gebüsch und erbrach ihn wieder. Das Schicksal, das einem manchmal so üble Streiche spielt, wollte es, dass ausgerechnet der dicke Schröder ebenfalls dort stand und urinierte. Ich beschmutzte beim Erbrechen ein wenig seine Füße und meinte: «Fleischsalat ist eigentlich nicht so mein Ding.»

Schröder schüttelte den Kopf. «Junge, Junge, so wirste nie einer von uns.» Dann zog er den Reißverschluss hoch und ging von dannen. Seitdem habe ich ihn nie wieder zu Gesicht bekommen. Es war vorbei, der Traum vom echten Bauarbeiterleben war ausgeträumt. Merkwürdig gefasst sagte ich mir, dass es eben doch nicht das Richtige für mich ist, schwang meinen Beutel über die Schulter und verließ mit einem letzten wehmütigen Blick die Baustelle.

Das alles ist nun schon fast zwanzig Jahre her. Und gestern hat die neue Kaufhalle aufgemacht. Gebaut von Kalle Krämer, zweites Lehrjahr. Ich drücke ihm die Daumen, aber ich ahne nichts Gutes. Denn heute, was fand ich da in einem Gebüsch gleich neben der Kaufhalle: ein Häuflein erbrochenen Fleischsalat.

«Kann es sein, dass Sie nie in Ihrem Leben etwas zu Ende gebracht haben?», fragt Frau Steputat, gleichzeitig kopfschüttelnd und sich die Nase putzend.

«Sie hätten doch dann wenigstens Ihr Studium beenden können, aber auch das haben Sie ja nach einem Jahr abgebrochen. Stellen Sie sich doch mal vor: Statt jetzt hier bei mir zu sitzen, könnten Sie als Lehrer vor einer Klasse stehen!»

Auch wenn es gewiss verschiedentlich Differenzen gibt zwischen mir und meiner PAP und sie auf der Liste derjenigen Menschen, mit denen ich nie gemeinsam Urlaub machen möchte, ganz weit oben steht, so ist es mir doch allemal lieber, momentan in ihrem Zimmer zu sein statt als Lehrer in einem Klassenraum. Aber das behalte ich lieber für mich.

«Ja», sage ich stattdessen, «das ist ein echtes Problem. Aber das Nächste, was ich anfange, das ziehe ich durch, ganz sicher.»

Frau Steputat guckt skeptisch. «Ich bin gespannt», sagt sie, «ich bin sehr gespannt, Herr Naumann. Wir sehen uns in drei Monaten.»

Wie ich mal gegen die Bundesrepublik Deutschland gewonnen habe

Ich mag Herrn Berger. Herr Berger ist Vorsitzender Richter der 25. Kammer des Verwaltungsgerichts Köln. Ich mag auch den stellvertretenden Vorsitzenden, Herrn Pfeilsticker, genauso wie den dritten Richter der 25. Kammer, Herrn Wolff. Ich möchte alle drei gern im Sommer einmal zum Grillen einladen, eine ganze Nacht hindurch Skat mit ihnen spielen oder sie einfach nur ganz doll drücken. Ich glaube, ich würde mich gut mit ihnen verstehen.

Es ist mir ein Bedürfnis, ihnen meinen Dank zu zeigen, meinen Dank dafür, dass sie mir dabei halfen, in dem verwaltungsgerichtlichen Verfahren «David gegen Goliath» zumindest vorerst Oberwasser zu gewinnen.

Ich kann nicht behaupten, dass ich noch nie etwas gewonnen habe. Ein klassischer Gewinnertyp bin ich ganz sicher nicht, aber allein meine sportlichen Erfolge verbieten es mir, mich als Loser zu bezeichnen. Wohl stand ich nie auf einem der Treppchen bei den Olympischen Spielen, aber immerhin errang ich 1986 die Goldmedaille im Versehrtensport bei der DDR-Spartakiade der hörgeschädigten Kinder und Jugendlichen im 110-Meter-Hürdenlauf. Den gewann ich allerdings nur deshalb, weil mein einziger Gegner bereits an der ersten Hürde gestrauchelt und gestürzt war. Es gab einfach zu wenige konkurrenzfähige hörgeschädigte Hürdenläufer. Fast genauso wenige wie ernsthafte hörgeschädigte Schachspieler, weshalb ich zwischen 1980 und 1988 sämtliche Titel abräumte, die es im Schach für Hörgeschädigte zu vergeben gab.

Sicher: Ich habe nie einen Sechser im Lotto gewonnen, aber

1988 hatte ich mal neun Richtige im Fußballtoto und mit dem Gewinn fast meinen Einsatz wieder raus. Ich stand nie auf der Gewinnerliste von Preisausschreiben oder Verlosungen – bis auf ein einziges Mal, als ich vor drei Jahren laut einem Brief von «Schwarzwälder-Paule» gleich mehrfach abräumte und ein halbes Schwein, einen Dampfdruckreiniger, hochwertige Bettwäsche und eine kostenlose Busreise zum Biobauernhof Kuhlmann & Weier gewann. Leider war es mir dann wegen eines Zahnarzttermins ausgerechnet am Tag der Fahrt nicht vergönnt, die Reise anzutreten und mein halbes Schwein abzuholen.

Doch all diese mehr oder weniger großen Erfolge verblassen im Angesicht meines jüngsten Triumphs: Es ist ein historischer Sieg, der schon jetzt einen Platz im Olymp der größten Außenseitersiege auf ewig sicher hat. Ich habe nämlich gegen Deutschland gewonnen. Der kleine Mann von der Straße, der Hartz-IV-Prekarier und juristische Dilettant Robert Naumann, hatte das Kriegsbeil gegen den schier übermächtigen Gegner Staat ausgegraben und ihm eine empfindliche Niederlage zugefügt. Den feinen Herren da oben mal kräftig ans Bein gepinkelt, jawohl! Historisch vergleichbar wohl nur mit der Schlacht im Teutoburger Wald im Jahre neun unserer Zeitrechnung, als der germanische Fürst Arminius mit einer Handvoll Verbündeter den zahlenmäßig weit überlegenen römischen Legionen den Todesstoß versetzte.

Damals ging es um den Widerstand Germaniens gegen das Römische Reich, heute geht es um meinen Widerspruch gegen die BAföG-Rückzahlungsverpflichtung. Für manche mag das eine läppische Angelegenheit sein, für mich hat das exakt dieselbe Wertigkeit.

Und es geht hier nicht nur um Bundesausbildungsförderungsgelder, es geht um Naumann gegen Deutschland. So steht es auf dem Schreiben des Gerichts: «Robert Naumann, Kläger» gegen «Bundesrepublik Deutschland, Beklagte». «Gut» gegen «Böse» hätte man meinetwegen auch schreiben können, ich hätte schon gewusst, wie ich das zuordnen muss.

Ich hatte beschlossen, mein Leben lang so wenig Geld zu verdienen, um immer wieder von der BAföG-Rückzahlungsverpflichtung freigestellt zu werden. Am Ende meines Lebens wollte ich das gute Gefühl mit ins Grab nehmen, ein Plus gemacht zu haben. Bis jetzt ging das auch immer gut, nur diesmal glaubte das Bundesverwaltungsgericht, mich an der Angel zu haben. Sie meinten, dass mir als Schriftsteller-Ich-AG die Euroscheine bündelweise aus der Hosentasche hängen würden, aber dem war nicht so. Zumal die Ich-AG schon längst gescheitert war und ich wieder Arbeitslosengeld II bezog. Darum wehrte ich mich mit Widersprüchen, die ich allerdings allesamt vergaß zu unterschreiben – und die wegen dieser Tatsache allesamt abgelehnt wurden.

Und zack!, da hatten sie meine Klage am Hals, die ich übrigens ebenfalls vergaß zu unterschreiben. Im Suff war sie verfasst worden, garniert mit Rotweinflecken. «Ich bin nun mal ein rechter Schussel», hatte ich geschrieben, und dass ich auch als Kind schon immer den Sportbeutel im Bus liegengelassen hätte. Mit leichten Zweifeln, ob diese Klageschrift genügend Substanz aufwies, um die Herren Richter zu beeindrucken, klebte ich den Umschlag zu und warf ihn am nächsten Morgen in den Briefkasten. Warf ihn ein mit etwa ähnlichen Erwartungen, wie ich sie habe, wenn ich mir in der Tierparklotterie ein Los kaufe, meine Tochter auffordere, ihr Zimmer aufzuräumen, oder wenn ich versuche zu begreifen, was in Menschen vorgeht, die Mario Barth lustig finden.

Doch beim Verwaltungsgericht Köln, Kammer 25, sitzen der liebe Herr Berger, sein nicht minder liebenswerter Kollege Herr Pfeilsticker und der Dritte im Bunde, der unglaublich liebenswürdige Herr Wolff. Drei Richter, die keinen Wert auf profane Unterschriften legen und sich nicht an Rotweinflecken stören. Die einer Klage zustimmen, deren Argumentation im Großen und Ganzen darauf aufbaut, dass der Kläger schusselig ist.

Danke dafür. Die erste Schlacht ist geschlagen, und das Bundesverwaltungsamt liegt röchelnd am Boden. Es tut so gut, mal wieder gewonnen zu haben.

Ich bin ein verkanntes Genie

Manchmal habe ich das Gefühl, ein unglaubliches Potenzial zu besitzen. Gut, sehr oft liegt dieses Potenzial brach, wenn ich meine Tage damit ausfülle, Schuppen vom Kopf rieseln zu lassen, mit betrunkenen Obstfliegen aus dem Fenster zu gucken oder im Wachkoma zu liegen. Aber manchmal bricht sich dieses Potenzial Bahn, und dann denke ich, dass ich, statt arbeitslos zu Hause rumzuhängen, Komponist oder Kosmonaut oder Wissenschaftler hätte werden können. Doch die monumentalen Opern, die ich nur in meinem Kopf komponiere, sind für das gewöhnliche Ohr wahrscheinlich sowieso zu sperrig. Und auch wenn ich das Zeug dazu hätte, wahrscheinlich würde man mich wegen meiner Schwerhörigkeit sicher nicht mal die Vorbereitungen zu einer Marsmission mitmachen lassen. Aber meine naturwissenschaftlichen Geistesblitze, die schreibe ich dann und wann auf. Bis jetzt haben zwar all jene, denen ich meine erstaunlichen Theorien zu lesen gegeben habe, müde abgewinkt und die Theorien für unsinnig erklärt, aber das ging Einstein schließlich nicht anders.

Eine Kostprobe meiner überraschenden Erkenntnisse will ich dennoch liefern, vielleicht gibt es ja doch zwei oder drei Leser, die so klug sind, mich zu verstehen:

Widerlegung der Annahme, die Kreiszahl Pi habe unendlich viele Stellen nach dem Komma, anhand eines Praxisbeispiels

Vor zwei Wochen war in der Zeitung zu lesen, dass irgendein französischer Ingenieur die Kreiszahl Pi (die bekannteste Zahl der Welt: $\pi = 3{,}14159\ldots$) auf den neuen Rekordwert von 2,7 Billionen Nachkommastellen berechnet habe. Eine so unbändige Freude darüber bemächtigte sich meiner, dass ich an diesem Tag sogar vergaß, Zähne zu putzen.

Endlich einmal wieder hatte sich jemand dieser unendlich wichtigen Sache angenommen. Wann immer es Nachrichten über neue Nachkommastellen von Pi gab, verpasste mir das einen derartigen Adrenalinkick, dass ich den ganzen Tag total aufgedreht und planlos durch Berlin lief und mir versuchte klarzumachen, wie es nun weitergehen würde, bevor ich dann abends völlig erschöpft ins Bett fiel. Auch wenn die alles entscheidende Nachricht, auf die ich so sehnlich wartete, bisher ausgeblieben war, wurden doch mit jeder Nachkommastelle mehr meine Hoffnungen genährt, dass sich endlich meine Theorie bestätigen würde. Dass nämlich endlich jemand zu der Stelle kommt, wo Schluss ist. Die Frage ist nicht, ob das passiert, sondern wann. Davon bin ich überzeugt.

Schon als Schüler machte mich diese Vorstellung verrückt, dass eine Zahl mit unendlich vielen Stellen nach dem Komma, wo also immer noch was nachfolgt, trotzdem kleiner bleiben soll als eine Zahl, die nur unwesentlich größer ist. Damals äußerte ich insgeheim Zweifel an der Kompetenz meines Mathematiklehrers, und selbst die allgemeine Akzeptanz von Pi in Fachkreisen konnte mich nicht davon überzeugen, diesen offensichtlichen Lapsus einiger sogenannter mathematischer Genies wie Archimedes, Gottfried Wilhelm Leibniz oder Leonard Euler für bare Münze zu nehmen. Der Fehler dieser – nennen wir das Kind ruhig beim Namen – mathematischen Laien besteht darin, aufgrund technischer Unzulänglichkeiten zu einer falschen Schlussfolgerung zu gelangen. Weil bisher noch kein Rechner in der Lage war, die Zahl Pi bis zum Ende durchzurechnen, dachte sich Archimedes: Aha, diese Zahl hat so viele

Stellen hinter dem Komma, dass man sie nicht alle errechnen kann, ergo sind es unendlich viele.

Dass diese Schlussfolgerung grober Unfug ist, führt ein einfaches Praxisbeispiel vor Augen: Ich stelle mir vor, auf einem Fahrrad zu sitzen, dessen Reifen einen Durchmesser von exakt einem Meter haben. Da Pi das Verhältnis von Umfang zu Durchmesser eines Kreises beschreibt, hätte ich also nach exakt einer Umdrehung die Zahl Pi in Metern zurückgelegt. Wenn man nun einen Strich zöge, an dem der Fahrradreifen startet, einen zweiten bei, 3,14 Metern, also der gerundeten Zahl Pi, und einen dritten Strich bei, sagen wir, 3,15 Metern, einer Zahl also, die größer ist als Pi. Und wenn ich nun mit meinem Fahrrad bis an den Strich bei 3,14 Metern fahren würde und dann aber jeweils exakt immer um die folgenden Nachkommastellen weiterradeln würde, müsste ich nach der Definition von Pi unendlich lange unterwegs sein, ohne jemals die Markierung bei 3,15 Metern zu erreichen.

Das ist doch Schwachsinn. Kein Fahrradfahrer würde mehr aufs Fahrrad steigen, wenn er wüsste, dass er niemals eine ganze Umdrehung schafft, weil er schon nach gut drei Metern – na gut, nach zwei Metern bei einem 28-Zoll-Reifen – kaum noch vorwärtskommen würde, beziehungsweise während stundenlanger Fahrt nur quadrillionstel Bruchteile von Millimetern. Das Ziel aber würde er nie erreichen – ob das nun 3,15 Meter sind oder das JobCenter in der Storkower Straße, ist dabei unerheblich. Denn um dorthin zu gelangen, muss erst Pi überwunden werden. Wenn aber Pi nach dem Komma unendlich ist, wird das nie gelingen. (Bei einer Radgröße mit einem anderen Durchmesser als einem Meter ist es natürlich irgendeine andere Zahl mit unendlich vielen Stellen nach dem Komma: der Effekt des Nichtvorwärtskommens wäre aber immer derselbe.)

Da ich jedoch vorhin mit meinem Fahrrad zum JobCenter

gefahren bin, ist somit der Beweis erbracht, dass eine Zahl keine unendlich vielen Stellen nach dem Komma haben kann. Kurze Beweisrechnung: Der Durchmesser meiner Räder, hier mit «a» bezeichnet, beträgt 66,2 Zentimeter. Multipliziert mit Pi macht 207,868 plus unendlich viele Stellen Zentimeter, macht 2,07868 plus unendlich viele Stellen Meter Umfang der Räder. Der Weg zum JobCenter, «b» genannt, beträgt circa 3000 Meter. Da a < b, ist hiermit auch der schriftlich-mathematische Beweis erbracht, dass Pi keine unendlich vielen Stellen nach dem Komma haben kann.

Interessierten Mathematikstudenten, die noch auf der Suche nach einem Thema für ihre Diplomarbeit sind, stelle ich diesen Text gegen ein erhebliches Salär gern zur Verfügung.

In Zimmer 211

«Jetzt sind Sie schon fast vier Jahre bei mir», sagt Frau Steputat in einer Mischung aus Verdruss und Verzweiflung. Die Zitronenwaffeln, die sie stoisch zwischen ihren Zähnen zermalmt, scheinen ihre Laune nicht aufhellen zu können. «Und wir sind keinen Schritt weitergekommen. So langsam müssen Sie mal in die Puschen kommen, Herr Naumann.»

«Ja», bestätige ich, «aber das ist gar nicht so einfach.»

«Dass es einfach ist, behauptet ja niemand. Aber das geht einfach auf keine Kuhhaut, dass Sie in Ihrem ganzen Leben nie länger als ein halbes Jahr am Stück gearbeitet haben. Mal abgesehen von Ihrer Ich-AG, aber das war ja auch keine richtige Arbeit.»

«Das stimmt nicht», widerspreche ich wie aus der Pistole geschossen. «Ein ganzes Jahr hab ich mal gearbeitet. Das war in einer Druckerei, die eigentlich keine war ...»

Notizzettelblockkästchen: Stelle statt Stütze

Liege am Strand irgendeiner Südseeinsel, während mich eine halbnackte Inselschönheit nach allen Regeln der Kunst pedikürt. Es kitzelt ein bisschen, wenn sie mir die Hornhaut abschabt, und dann muss ich kichern, woraufhin auch die Insulanerin zart glucksende Laute von sich gibt. Unsere lieblichen Töne vereinen sich zu einer himmlischen Melodie, deren Schallwellen noch am anderen Ende der Insel ein Lächeln auf das Antlitz eines gesichtsgelähmten depressiven Totengräbers zaubern.

Man kann sich vorstellen, wie mir zumute war, als ich direkt aus diesem Paradies in die Hölle katapultiert wurde. «Herr Naumann!», schrie die Stimme meiner Chefin Frau Windisch direkt in mein linkes Ohr, und während ich noch im Traum gefangen war und mich fragte, was zum Teufel meine Chefin auf dieser Insel zu suchen hatte, rüttelte mich ihre knochige Hand endgültig wach.

Verdammt, ich war wieder mal am Arbeitsplatz eingeschlafen. Direkt aus der Südsee war ich zurück im Marzahner Gewerbepark «Meon», meiner Arbeitsstelle. In der Hölle.

«Herr Naumann», brüllte meine Chefin erneut, obwohl ich längst wach war. «Ich erwarte Sie in fünf Minuten in meinem Büro!»

Ich sah ihr nach, wie sie mit ihrer lächerlichen blondierten Pudelfrisur wütend aus dem Zimmer stöckelte. Dann versuchte ich wieder einzuschlafen und einen Zipfel des Südseeinseltraums zu erhaschen, was mir nur teilweise gelang. Leider kümmerte sich jetzt Frau Windisch um meine Füße und bearbeitete meine Hornhaut mit einer Kettensäge. Schweißgebadet wachte ich erneut auf. Es half nichts, ich musste in die

Höhle des Löwen. Ich erhob mich von meinem Arbeitsplatz. Na ja, Arbeitsplatz war geprahlt. Beschäftigungsplatz wäre wohl die korrekte Bezeichnung gewesen. Und überhaupt war das auch gar keine richtige Arbeitsstelle. «Stelle statt Stütze» nannte sich das Projekt, in dem neben mir neun weitere ehemalige Sozialhilfeempfänger die Chance erhielten, der Gesellschaft etwas zurückzugeben und den Sozialhilfescheck, der einem morgens ans warme Bett gebracht wurde, einzutauschen gegen einen Lohnzettel, für den man vierzig Stunden in der Woche schuftete.

Immerhin, mit dem Namen des Projekts hatten sie sich richtig Mühe gegeben. «Stelle statt Stütze», eine astreine Alliteration. Ich sah förmlich vor mir, wie die Kreativabteilung des für mich zuständigen Sozialamts wochenlang darüber gebrütet hatte, welchen Namen man dem Projekt geben könne. Sicher waren Dutzende Vorschläge durch den Raum geschwirrt: «Ohne Fleiß kein Preis»,«Sozialamt ade – Lohnarbeit olé», «Parasiten an die Maschinen» und so weiter. Aber das war dem Kreativdirektor nicht pfiffig genug. Schließlich landeten zwei Vorschläge in der engeren Auswahl. Aber auch an denen wurde herumgemäkelt.

«Begrabe die Faulheit am Tor der Fabrik» war einfach zu lang, und bei «Arbeit macht froh» beschlich die meisten so ein diffus ungutes Gefühl. Schließlich half die Putzfrau. Missmutig brabbelnd wischte sie den Flur, als der Kreativchef an ihr vorbeilief. «Sagen Sie das noch mal!», forderte er die Putzfrau aufgeregt auf, als er das Gemurmel gehört hatte. «Da hätt ich lieber Stütze statt der Scheißstelle hier!», wiederholte diese wahrheitsgemäß und bekam einen Kuss auf die Stirn gedrückt. Ja, so könnte es gewesen sein.

Während ich nun durch die große Halle Richtung Büro lief, erinnerte ich mich, was das ursprüngliche Ziel des Projekts gewesen war: Eine dahinsiechende Druckerei des Deutschen Roten Kreuzes, des Projektträgers, sollte mit Hilfe der Stütze-Empfänger flottgemacht werden, um nach einem Jahr und dem Ende des Projekts konkurrenzfähig zu sein. Einige von uns sollten dann als Mitarbeiter übernommen und mit festen Arbeitsverträgen ausgestattet werden.

Als meine Sachbearbeiterin beim Sozialamt mir vorgeschlagen hatte, an dem Projekt teilzunehmen, war ich hin und her gerissen. Einerseits war ich überhaupt nicht scharf darauf, ein ganzes Jahr meines Lebens in einer Druckerei zu arbeiten, ich stellte mir das laut und dreckig vor. Andererseits war das meine große Chance, vom Sozialamt wegzukommen. Ein ganzes Jahr ununterbrochene Arbeit bedeutete, dass ich danach Anspruch auf Arbeitslosengeld hätte. Und ich würde gar nicht schlecht verdienen. Knapp 2500 Mark im Monat würde ich vom Bezirksamt überwiesen bekommen, die das Geld wohl aus irgendeinem Topf übrig hatten.

Also hatte ich schließlich in den sauren Apfel gebissen und zugesagt.

Die Druckerei befand sich, wie ich dann feststellen musste, an einem der traurigsten Orte der Welt, wie schon gesagt, in einem Gewerbepark im Plattenbaubezirk Marzahn.

Die anderen Projektteilnehmer, die ich am ersten Tag kennenlernte, stammten aus den unterschiedlichsten Berufen. Eine Rinderzüchterin war dabei, ein Zahntechniker, eine Friseurin und – tatsächlich – ein echter Drucker, der allerdings auch schon viele Jahre Sozialhilfe bezog und nach eigener Aussage alles vergessen hatte, was er je in seinem Beruf gelernt hatte.

Das war aber nicht weiter schlimm, denn das größte Handicap und wohl auch Ursache für das Siechtum der Druckerei war die fehlende Offsetdruckmaschine. Es war lediglich eine Tiegeldruckpresse vorhanden, welche jedoch mit dem Makel behaftet war, kaputt zu sein. Das DRK wollte schnellstmöglich eine Offsetdruckmaschine besorgen, damit wir etwas zu tun hätten. Aber auch jetzt, fast ein Jahr später und zwei Wochen vor Ende des Projekts, gab es eine solche nicht. Möglicherweise war das der Grund, warum überhaupt keine Aufträge hereingekommen waren.

Um uns trotzdem zu beschäftigen, wurden wir in die Buchbinderei gesteckt, die sich in einem Nebengebäude der Druckerei befand. Dort sollten wir Tag für Tag ein Kleinod der deutschen Aufbewahrungsmöbelindustrie fabrizieren: das Notizzettelblockkästchen mit flexiblem Klappdeckel. Aus Pappe geklebt, bezogen mit Geschenkpapier, in der Luxusausführung mit rotem Kunstleder. Notizzettelblöcke, die in einem solchen Kästchen untergebracht werden, sind gefeit gegen Staub und Eselsohren und immer schnell zur Hand. Außerdem zeichnen sich diese Kästchen durch eine extreme Robustheit aus. Sie bleiben selbst bei Temperaturen von plus 50 bis plus 75 Grad Celsius zeitlos schön. Diese Kästchen waren ein Prestigeobjekt, das auch den billigsten IKEA-Schreibtisch enorm aufwertete und vor allem dem am Tisch Sitzenden eine Aura des Mannes von Welt verlieh. Mit anderen Worten: eine Anschaffung fürs Leben.

Es war nie die Absicht, die Kästchen zu verkaufen, es war nur wichtig, uns zu beschäftigen. Von einer neuen Druckmaschine oder gar der Übernahme von Mitarbeitern war schon lange keine Rede mehr. Nur am Tag der offenen Tür tauchte eine dreiköpfige Delegation vom DRK auf, bewunderte die inzwischen etwa hunderttausend Kästchen staunend und nahm schließlich drei davon mit.

Ich war nun am Büro von Frau Windisch angelangt und klopfte zaghaft. «Herein», rief sie, und ich betrat ihr Büro. Der Schreibtisch war voller Aktenordner. Kein Wunder, denn in ihrer Welt war sie die Leiterin einer funktionierenden Druckerei, und nichts und niemand konnte sie davon abhalten, das auch zu demonstrieren. Sie tat dies aber nicht nur zum Schein, sie glaubte wirklich daran, und das war das Problem.

«Herr Naumann», sagte sie streng und musterte mich über die randlosen Gläser ihrer Kettenbrille hinweg an, «die Notizzettelblockkästchen kleben sich nicht von allein! Sie erhalten von mir eine Abmahnung!»

Verblüfft starrte ich sie an. «Aber in zwei Wochen ist sowieso Schluss», versuchte ich sie zur Vernunft zu bringen.

Aber sie hörte gar nicht hin. «Sollte ich Sie noch mal beim Schlafen am Arbeitsplatz erwischen, wird Ihnen gekündigt. Danke, Sie können jetzt gehen!»

Konsterniert verließ ich das Büro. So albern ihre Abmahnung war, gefährdete sie doch mein großes Ziel. Ich musste das Jahr voll bekommen, um meinen Anspruch auf Arbeitslosengeld nicht zu gefährden. Von der Sozialhilfe direkt zum Arbeitslosengeld, das war ein Karrieresprung, den ich mir nicht vermasseln wollte. Aber die Gefahr, erneut am Arbeitsplatz einzuschlafen, war einfach zu groß. Was sollte ich bloß tun?

Der Zufall wollte es, dass mich am nächsten Tag eine undefinierbare Krankheit überraschte, die mich dazu zwang, meinen Arzt aufzusuchen und mich für die nächsten zwei Wochen krankschreiben zu lassen. Und tatsächlich: Zwei Wochen später war ich glücklicher Bezieher von Arbeitslosengeld. Und das war noch nicht mal der einzige Nutzen, den ich aus dem Projekt ziehen konnte. Denn kurz darauf war Weihnachten, und auch wenn meine Frau Mühe hatte, sich den Ärger über ihr Geschenk nicht anmerken zu lassen, fand ich, dass es sich auf dem Gabentisch sehr hübsch machte: ein aus der Buchbinderei geklautes Notizzettelblockkästchen.

« Na, da waren Sie vielleicht wirklich mal nicht alleine schuld an der Misere », schlägt sich Frau Steputat tatsächlich auf meine Seite. « Aber immerhin sind Sie damals von der Sozialhilfe weggekommen. »

« Ja, das stimmt », gebe ich zu, « aber das war auch der einzige nützliche Effekt des ganzen Projekts. »

« Hm », überlegt Frau Steputat, während sich genau über ihrem Kopf eine Spinne von der Decke abseilt.

« Aber ein bisschen was haben Sie doch gelernt in der Buchbinderei », fährt Frau Steputat fort. « Sehen Sie sich doch in der Branche mal um. »

Momentan kann ich nur fasziniert beobachten, wie die Spinne zielsicher auf Frau Steputats Dutt landet. Aber meine PAP scheint nichts zu bemerken. Hat man eigentlich ein Gefühl in so einem Haarknoten ? Offenbar nicht, denn folgenlos wandert die Spinne vergnügt auf dem Dutt herum.

« Wenn wir uns in drei Monaten wiedersehen », sagt Frau Steputat, « will ich Bewerbungen sehen bei Buchbindereien. Bewerben Sie sich, bewerben Sie sich, bewerben Sie sich ! »

« Mach ich », stimme ich zu und verabschiede mich. Noch während ich die Tür schließe, stößt Frau Steputat einen markerschütternden spitzen Schrei aus. Ein Stuhl fällt offenbar um, und ein zweiter Schrei ertönt. Lächelnd schließe ich die Tür. Ich lass sie dann mal allein, meine Sachbearbeiterin und die Spinne.

Bewerbung mit Köpfchen

Ich war es leid. Hat jemand eine Vorstellung davon, wie viel Mühe es macht, jeden Monat Stellenanzeigen in Zeitungen und im Internet zu durchforsten und die Telefonnummern und Adressen der potenziellen Arbeitgeber in eine Liste zu schreiben, um seiner PAP weiszumachen, man hätte sich dort beworben? Nicht nur, dass einem bei acht geforderten Bewerbungen pro Monat schnell die Stellenanzeigen ausgingen, groß war auch die Gefahr, dass man irgendwann den Überblick verlor und Adressen mehrfach notierte. Mittlerweile war diese Bewerbungslistenschreiberei zu etwas geworden, das ich immer hatte vermeiden wollen: richtig harte Arbeit.

Die einzige Möglichkeit, dieser Plackerei zu entkommen, war eine echte Bewerbung. Und zwar an den Feind selbst. Das war geradezu teuflisch genial. So konnte ich, bei erfolgreicher Bewerbung, das System von innen heraus bekämpfen. Den Unsinn mit den Bewerbungsforderungen abschaffen, um später davon zu profitieren, wenn ich wieder in der Arbeitslosigkeit gelandet war. Und das war so unausweichlich wie das Stirnrunzeln von Frau Steputat, wenn sie meine Akte durchblätterte.

Ich machte mich an die Arbeit, was zu folgendem Ergebnis führte:

Bewerbung auf die Stelle des Vorstandsvorsitzenden der Bundesagentur für Arbeit (BA)

Lieber Herr BA-Chef!

Zunächst einmal möchte ich mich dafür entschuldigen, die Einladung meiner für mich zuständigen Sachbearbeiterin Frau Steputat für den morgigen Freitag ausschlagen zu müssen. Sie hatte vor, mit mir über meine weitere berufliche Situation zu sprechen. Der von ihr dafür vorgeschlagene Zeitpunkt ist allerdings äußerst unglücklich gewählt. Da sich mein Donnerstagabend aus hier nicht näher zu erläuternden Gründen meist bis in die frühen Morgenstunden des Freitags dehnt und es dabei auch nicht bei einem Bier bleibt, ist es mir unmöglich, wie von Frau Steputat vorgesehen, gewaschen und gekämmt bereits um neun Uhr morgens im JobCenter Pankow in der Storkower Straße zu sein.

Es ist mir somit nicht möglich, die von Frau Steputat geforderten acht Bewerbungen pro Monat vorzuweisen. Offen gestanden hätte es in dieser Hinsicht sowieso Probleme gegeben. Diesen Teil der zwischen der Bundesagentur für Arbeit und meiner Person geschlossenen Eingliederungsvereinbarung konnte ich in diesem Monat zu 100 Prozent nicht erfüllen, um das Kind mal beim Namen zu nennen. Aber auch dafür gibt es eine Vielzahl von Gründen, die von weniger akzeptablen wie Schreibfaulheit und Unlust bis zu so plausiblen wie Arbeitsplatzmangel reichen.

Immerhin möchte ich mit dieser Bewerbung einen ersten Schritt dahin gehend tun, einen eventuell aufkeimenden Verdacht bei Frau Steputat hinsichtlich meiner inneren Einstellung bezüglich der Arbeitsplatzsuche auszuräumen. Ich würde mir wünschen, dass Frau Steputat diese Bemühungen wahrnimmt und ihrerseits die ganze Sache nicht so verkniffen sieht – und im Sinne einer entspannteren Atmosphäre vielleicht sogar mal ein wenig Lockerheit zeigt. Das würde ihr jedenfalls gut zu Gesicht stehen.

Dies so weit dazu, nun aber zu meiner eigentlichen Bewerbung.

Hiermit bewerbe ich mich für einen der drei Vorstandssitze der Bundesagentur für Arbeit, es darf auch der Vorsitz sein.

Ich bin in den Dreißigern und hege seit nunmehr zwölf Jahren ein ausgeprägtes Interesse an der Bundesagentur für Arbeit. Wohl niemand außer mir hat diese Behörde so intensiv studiert und sich mit ihr auseinandergesetzt. Immer war ich ein gerngesehener Gast in ihren Kundenzentren. Anfangs noch regional in Chemnitz gebunden, hatte ich das Glück, später auch die Vielfalt der Berliner Arbeitsämter, wie sie damals etwas spröde hießen im Vergleich zu den JobCentern von heute, kennenzulernen.

Berlin-Friedrichshain, Berlin-Hohenschönhausen und derzeit Berlin-Pankow waren die Stationen, die meine Kenntnisse festigten, meinen Horizont erweiterten und meine Persönlichkeit reifen ließen. Die langen Jahre der Arbeitslosigkeit haben es mir ermöglicht, mich einhundertprozentig mit der Materie vertraut zu machen und mich für die Erfordernisse zu qualifizieren, die so ein Vorstandsvorsitz verlangt.

Leider herrschte bei meinen Besuchen in den verschiedenen Häusern nicht immer eitel Sonnenschein. Die für mich zuständigen Sachbearbeiterinnen ließen an Attraktivität zu wünschen übrig und raubten mir oft genug den Schlaf, indem sie mich um 8.30 Uhr in ihr Büro bestellten. Und das, obwohl sie dann noch nicht einmal in der Lage waren, mir einen Kaffee anzubieten. Dabei hatte ich meinerseits nie mit kleinen Aufmerksamkeiten gespart. Wartezeiten von bis zu vier Stunden waren keine Seltenheit, von der trüben Stimmung in den Fluren und Gängen ganz zu schweigen.

Diese negativen Erlebnisse waren es, die den Wunsch in mir weckten, es einmal besser zu machen, und den Anstoß dazu gaben, mich bei Ihnen zu bewerben. Ich verfüge über ein gesundes Selbstbewusstsein, auf Wunsch gepflegtes Äußeres, spreche mehr oder weniger fließend Deutsch, und auch das Internet ist für mich kein Fremdwort.

Sollte ich Ihr Interesse geweckt haben, würde ich mich freuen, wenn Sie mir die Gelegenheit zu einem persönlichen Vorstellungsgespräch geben würden. Zum Beispiel nächste Woche Dienstag um die Mittagszeit würde es mir sehr gut passen.

Mit freundlichen Grüßen
Robert Naumann

PS: Sollte meine Bewerbung wider Erwarten nicht erfolgreich sein, wäre ich Ihnen sehr verbunden, wenn Sie bei Frau Steputat ein gutes Wort für mich einlegen würden.

Bewerbung mit Köpfchen II

Meine Bewerbung auf den Posten des Chefs der Bundesagentur für Arbeit hatte mich so begeistert, dass ich gleich noch eine weitere verfasste, auch als Sicherheit, falls es mit dem BA-Chefposten nichts werden sollte:

Bewerbung als Bundeskanzler

Lieber Herr Köhler!*

Hiermit bewerbe ich mich um die Stelle als Bundeskanzler. Schon seit langem verfolge ich mit großem Interesse das politische Geschehen in Deutschland und sehe nun meine Chance gekommen, massiv in die Zukunft Deutschlands einzugreifen, zumal mein Hartz-IV-Bezug immer wieder von Kürzungen bedroht ist. Es würde also gut passen.

Da ich das Thema Finanzen nun schon mal angeschnitten habe: Mit 1500 Euro netto im Monat wäre ich sehr zufrieden. Ich hoffe, das liegt im Rahmen des Üblichen. Sollten meine Gehaltsvorstellungen überzogen sein, würde ich durchaus auch mit weniger vorliebnehmen.

Am Beruf des Bundeskanzlers fasziniert mich vor allem die immerwährende mediale Präsenz. Da ich gern Fernsehen gucke, stelle ich es mir ungeheuer spannend vor, sich selbst den ganzen Tag auf dem Bildschirm zu erleben. Allerdings möchte ich in diesem Zusammenhang darauf hinweisen, dass ich die traditionelle Silvesterrede als Kanzler eher am

* Geht auch mit Herrn Wulff.

frühen Morgen halten würde, da ich an diesem Tag um 20 Uhr zu betrunken sein könnte.

Angesichts der angespannten Haushaltslage freue ich mich, Ihnen mitteilen zu können, dass für mich kein Redenschreiber aus dem stark belasteten Staatssäckel bezahlt werden müsste, da ich Microsoft Word sicher beherrsche und im Schreiben nicht ungeübt bin. Auch das Internet ist für mich kein Fremdwort.

Leider kann ich keinen Berufsabschluss vorweisen, besitze aber eine gute Auffassungsgabe und würde mich schnell in meiner neuen Umgebung zurechtfinden. Ein weiterer Pluspunkt ist meine bescheidene Art, mit der ich sicherlich schnell die Herzen der Deutschen erobern würde.

Ein Manko ist sicherlich meine generelle Maulfaulheit, aber ich würde versuchen, in diesem Punkt an mir zu arbeiten. Ansonsten kann das meiste ja auch schriftlich geregelt werden.

Ich kann von mir nicht behaupten, dass ich gern mit anderen Menschen zusammenarbeite. Teamfähigkeit dürfen Sie von mir also nicht erwarten. Ich schreibe das in meine Bewerbung, damit Sie sich ein Bild von meiner Ehrlichkeit und Glaubwürdigkeit machen können. Außerdem sollten Sie meine mangelhafte Teamfähigkeit nicht überbewerten, da ich ins Auge gefasst habe, meine Bundeskanzlerschaft eher diktatorisch anzulegen. Ohne Umschweife sei hier gesagt, dass Sie sich praktisch selbst ein Bein stellen, sollten Sie meine Bewerbung annehmen, denn für einen Bundespräsidenten wäre in meiner Diktatur verständlicherweise kein Platz. Allerdings bin ich bereit, mich nach etwas Passendem für Sie umzusehen. Versprechen kann ich aber nichts.

Als alleinherrschender Bundeskanzler würde ich vor allem dafür sorgen, dass sofort sämtliche Parteien – außer der APPD – aufgelöst werden. Die APPD, die Anarchistische

Pogo-Partei Deutschlands, könnte für mich die Regierungsgeschicke lenken: Wahlen wären nicht mehr nötig, und Situationen wie die momentane könnten vermieden werden.

Mit mir als Bundeskanzler garantiere ich Ihnen eine stabile Regierung über viele Jahrzehnte hinweg. Ich hoffe, dass ich Sie mit meiner Bewerbung überzeugen konnte, und würde mich freuen, wenn Sie mir die Gelegenheit zu einem persönlichen Bewerbungsgespräch geben würden.

Gern bin ich auch bereit, ein vorbereitendes Praktikum zu machen, um meine Eignung auch in der Praxis unter Beweis zu stellen.

Mit freundlichen Grüßen

Ihr Bundeskanzler in spe Robert Naumann

Wie ich mal weitergebildet wurde

Ein paar Wochen hatte sie mich in Ruhe gelassen. Aber vergessen hatte mich Frau Steputat nicht, im Gegenteil. «Wie kann ich dem Naumann am besten eins reinwürgen?», wird sie sich jeden Tag gefragt haben, während sie ihren Computer nach besonders bösartigen Stellenangeboten für mich durchforstete. Doch die Arbeitsmarktlage sprach für mich – es gab einfach keine Jobs. Aber dann hatte sie diesen wachen Moment, in dem ihr klar wurde, dass es neben Stellenangeboten auch andere Möglichkeiten gab, mich zu ärgern. Sinnlose Weiterbildungen zum Beispiel. Da war doch gerade ein Angebot hereingekommen! «Praktische Weiterbildung für Drucker», las sie mit wachsender Begeisterung, «Dauer der Maßnahme: neun Monate.»

«Mann, dit isset!», rief sie freudig erregt, tanzte im Zimmer auf und ab, belohnte sich selbst mit einem Mon Chéri, leckte sich die dicken Finger ab – und am nächsten Tag war das Angebot in meinem Briefkasten.

Ich hielt das Ganze für einen Irrtum und erbat postwendend einen Termin bei Frau Steputat, um diesen aufzuklären. Doch meine Proteste verhallten nutzlos in den langen Gängen des JobCenters. Mein Argument, ich sei doch gar kein Drucker und wolle auch keiner werden, beeindruckte Frau Steputat wenig.

«Sie haben doch mal in einer Druckerei gearbeitet», erwiderte sie und hatte damit ihren Trumpf aus dem Ärmel gezogen. «Bei diesem Sozialhilfeprojekt, das haben Sie mir doch selbst erzählt.»

«Das stimmt», musste ich zugeben. «Aber da hab ich nur Notizzettelblockkästchen gebastelt.»

«Na immerhin», sagte die böseste aller Sachbearbeiterinnen hämisch, «darauf kann man doch aufbauen.»

Dann grinste sie frech und wünschte mir zynisch alles Gute.

Wenn ich nicht sanktioniert werden wollte, hatte ich keine Wahl. Und so machte ich mich eine Woche später schweren Herzens auf den Weg zur Weiterbildungsfirma, deren Gebäude in der Landsberger Allee direkt neben dem JobCenter lag. Fortan musste ich nun jeden Tag an ihm vorbei.

Am ersten Tag gab es so eine Art Einführung. Frau Martinek, ein bulliges Mannsweib mit irgendeiner leitenden Funktion in der Weiterbildungsfirma, rühmte die Kompetenz der Dozenten und teilte uns mit, dass sich an die Weiterbildung ein dreimonatiges Praktikum in einem Betrieb anschließe, mit dem Ziel, von den jeweiligen Firmen übernommen zu werden. «Wir haben eine Vermittlungsquote von 73 Prozent», sagte sie stolz – und ließ mich innerlich erschauern. Damit hatte ich bei den hier versammelten zwölf Teilnehmern nur eine Chance von 1:8, ungeschoren davonzukommen.

Meine Chancen sanken weiter, als ich meine Mitstreiter kennenlernte. Unter ihnen ein schwerer Alkoholiker, ein distinguiert wirkender Rechtsradikaler und ein bemitleidenswerter, geistig verwirrter junger Mann. Er kam immer nur auf eine Stunde vorbei, setzte sich vor den Computer und dachte laut nach. «Also, dann muss ich hier mit der Maus klicken. Nee, da passiert ja nichts. Warum passiert da nichts? Ich muss nach Hause. Bin ich jetzt online? Oder muss ich doch hier klicken? Ich will nichts kaputt machen. Ich muss jetzt zum Zahnarzt.» Dann verschwand er wieder. Nach einer Woche erschien er gar nicht mehr. Und er blieb verschollen. Warum schickte das Arbeitsamt überhaupt Wahnsinnige zur Weiterbildung? Merkten die das nicht? War er auch ein Opfer von Frau Steputat? Oder sollte er ein Simulant gewesen sein? Dann war er großartig.

Rein rechnerisch erhöhte sich allerdings durch seinen Ausfall die Gefahr, zu den 73 Prozent Vermittelten zu gehören.

In den ersten Wochen lehrte uns ein Dozent EDV-Grundlagen, gefolgt von Microsoft Word und Excel. Einmal die Woche wurde eine Stunde «Zehn-Finger-Tippsystem-Üben» dazwischengeschoben. Nicht nur ich fand das alles sehr ominös. Vielleicht war was verwechselt worden. Vielleicht stand im selben Moment ein Haufen Sekretärinnen sehr ratlos und verwirrt vor irgendwelchen Druckmaschinen.

Aber wir hielten dicht. Und von den Sekretärinnen kam offenbar auch keine auf die Idee, den Irrtum aufzuklären, denn weiterhin erstellten wir Serienbriefe und riesige Tabellen mit Excel, deren Sinn uns verborgen blieb.

Zur Frühstückspause gingen wir zum Vietnamesen gegenüber und tranken Kaffee, der schmeckte, als hätte man den Filter zweimal benutzt. Tatsächlich war es so, vielleicht wusste der Vietnamese es nicht besser. Als wir das dann herausgefunden hatten, mussten wir ihn jedes Mal daran erinnern, den Filter zu wechseln, wenn wir Kaffee wollten. Er goss sonst den ganzen Tag einfach nur frisches Wasser nach. Wenn Wolfgang, der vornehme Rechtsradikale, sich über den Tresen lehnte und sagte: «Ich bitte um einen ordentlichen Kaffee für einen echten Reichsdeutschen», dann wusste er: Filter wechseln.

Das «Deutsche Reich» tauchte in jedem zweiten Satz von Wolfgang auf, dessen messerscharf gezogener Scheitel, die akkurat gebügelten Stoffhosen und die dicke Hornbrille dazu verleiteten, ihn als einen liebenswerten, schrulligen mittelalterlichen Herrn wahrzunehmen. Zumal er stets ruhig und freundlich blieb, selbst dann, wenn er sich in jeder Pause über den Alkoholiker aufregte.

Der trank zum Frühstück zwei Biere und zwei Weinbrand und nahm sich vom Vietnamesen immer noch zwei Flaschen

Doppelkorn für den Unterricht mit, um die Zeit bis zur Mittagspause zu überbrücken. Wir nannten ihn Alice Cooper, weil er wie Alice Cooper aussah und immer mit so Rockersachen rumlief. Überhaupt hatten schnell alle ihre Spitznamen weg. Wolfgang hieß «der Reichsdeutsche», einer hieß «Fussel», ein anderer «Doofie» und der Dicke hieß «der Dicke».

Nur ich war einfach Robert. Vermutlich hatten sie zu viel Respekt vor mir, weil ich im Excel-Unterricht zufällig eine Formel gefunden hatte, die viel effektiver war als die des Dozenten. Seitdem hielten sie mich für ein Genie.

Anfangs beachteten wir die Pausenzeiten von fünfzehn Minuten noch einigermaßen, aber schon bald dehnten wir sie auf bis zu einer Stunde aus. Auf dem Weg zurück mussten wir am Büro von Frau Martinek vorbei, die wir «Rottweiler» nannten, weil ihre Gesichtszüge an diese Hunderasse erinnerten und weil sie stets leicht vorgebeugt hechelnd vor ihrem Büro stand und uns abpasste, wenn wir zu spät von der Pause kamen. Sie sagte dann: «Meine Herren!» Immer diese zwei Wörter. Man konnte nur erahnen, dass sie mit uns schimpfte.

Da es sonst keine weiteren Konsequenzen gab, nahm die Motivation, überhaupt zu erscheinen, stark ab. Alice Cooper ließ sich nur noch stundenweise blicken, und der Dicke blieb einmal ganze zwei Wochen zu Hause, mit der Begründung, dass von 8 bis 16 Uhr Kohlen geliefert würden.

Gegen Halbzeit gab es eine Überraschung: Wir schienen doch im richtigen Kurs zu sein. Zumindest wurde angekündigt, dass bald Schluss sei mit Word und Excel und nun QuarkXPress und Photoshop auf dem Plan stünden. Das hatte ja immerhin was mit dem graphischen Gewerbe zu tun.

Der Dozent, ein ständig verschwitzter und ängstlich wirkender Pullunderträger namens Martinek und Ehegatte des Rottweilers, blieb derselbe. «Also», fragte er und strich sich die zwei verbliebenen Haupthaare über den Schädel, «ist denn schon mal jemand von Ihnen mit diesen Programmen in Berührung gekommen?» Zwei meldeten sich, der Dicke und ich. Wir konnten ja nicht wissen, was nun folgte. Sehr erleichtert wischte sich Herr Martinek den Schweiß von der Stirn und meinte, dass wir dann ja kooperieren könnten, er hätte gestern Abend zum ersten Mal ein bisschen in QuarkXPress reingeschnuppert und wäre noch nicht so hundertprozentig mit der Materie vertraut.

Schnell schaltete ich: «Ich hab mir eigentlich nur mal so die Rückseite von der Verpackung durchgelesen.»

Der Dicke sagte: «Nö! Ich kooperiere nicht!»

So kam es, dass unser Dozent Zettel mit Übungsaufgaben verteilte, an denen er dann genauso zu knabbern hatte wie wir. Wenn er fragte, ob denn schon jemand fertig sei, konnte man sicher sein, dass er die Lösung selbst noch nicht hatte. Sicher war er auch nur aus Versehen in diese Weiterbildung reingerutscht, der arme Kerl.

Die Wochen vergingen, und irgendwann gaben wir nicht mehr vor, etwas zu tun. Wir surften ungeniert im Internet, und ich brach die Highscores sämtlicher Onlinespiele.

Angst hatte ich nur vor dem Praktikum, das nun bald anstand. Aber ich hatte einen Bekannten, der Chef einer Druckerei war, die gar keinen Praktikanten wollte. Gern tat er mir den Gefallen, offiziell trotzdem einen Vertrag mit mir abzuschließen.

Die nächsten drei Monate hatte ich also Ruhe und konnte zu Hause die Beine hochlegen. Nur einmal musste ich schnell in den Betrieb, als der Rottweiler sich angekündigt hatte, um sich persönlich davon zu überzeugen, «wie sich denn der Herr Naumann so macht».

«Ausgezeichnet», sagte mein Bekannter und legte mir den Arm um die Schulter, während ich in Ermangelung einer anderen Tätigkeit kritisch einen Druckbogen musterte. Den hatte mir «mein Chef» unauffällig zugesteckt. Der Rottweiler war zufrieden.

Nach dem Praktikum trafen wir uns alle noch mal bei der Weiterbildungsfirma. Frau Martinek schenkte Sekt aus. Danach erklärte sie bedauernd, dass niemand von uns übernommen worden sei. Von 73 auf 0 Prozent, es war ein schwerer Schlag für sie. Zum Trost bekam jeder von uns ein mit viel Liebe gestaltetes Zertifikat und ein Zeugnis. In QuarkXPress und Photoshop hatte ich ein «sehr gut». In «Grundlagen des Schriftsatzes» ein «teilgenommen». Das war sicher keine so gute Note. Aber ich glaube, das Fach haben wir gar nicht gehabt.

In Zimmer 211

«Lange nicht gesehen, Herr Naumann.» Frau Steputat reicht mir fröhlich die Hand. Sie scheint sich wirklich zu freuen, mich wiederzusehen. Immerhin waren wir erst zum zweiten Mal länger als drei Monate voneinander getrennt.

Neun Monate war ich nicht in ihrem Zimmer, und auch für mich ist es eine merkwürdige Erfahrung: Man kann sich offenbar sogar an unangenehme Konstanten im Leben so gewöhnen, dass man sie vermisst, wenn sie plötzlich nicht mehr da sind. Na gut, vermissen ist übertrieben, aber zumindest ist es nicht so unangenehm wie erwartet, Frau Steputat nach so langer Zeit erneut gegenüberzusitzen.

«Wie war denn die Weiterbildung?», fragt sie.

«Ich kann jetzt Excel-Tabellen erstellen», antworte ich mit gespieltem Stolz.

Frau Steputat nickt anerkennend. «Herr Naumann», sagt sie, «ich bin stolz auf Sie! Sie haben wirklich durchgehalten, die ganzen neun Monate.»

Mit einem geheimnisvollen Lächeln greift sie in eine riesige Plastiktüte, die über ihrem Stuhl hängt, und entnimmt ihr die größte Pralinenschachtel der Welt.

«Ich hab doch heute Geburtstag», kichert sie wie ein kleines Schulmädchen.

«Ah», sage ich sarkastisch, «und zum Geburtstag darf es dann auch mal was Süßes sein.»

Zum Glück bemerkt Frau Steputat den Spott nicht und bietet mir an, mich aus der geöffneten Verpackung zu bedienen. Es sind mit Obstbrand gefüllte Pralinen, und weit über die Hälfte wurden offenbar schon verzehrt. Ich bin unsicher, ob ich das Angebot annehmen soll. Vielleicht ist das ja nur ein Test, und Frau Steputat erzählt mir dann irgendwas über die schädlichen Auswirkungen von Alkohol auf die Arbeitsplatzsuche.

«Nun greifen Sie schon zu», ermuntert mich meine Sachbearbeiterin, und ihre Wangen leuchten rot.

«Na gut», sage ich, «aber nur eins.»

Frau Steputat strahlt, und während wir beide Pralinen lutschen, versprüht sie Optimismus: «Herr Naumann, ich habe ein gutes Gefühl. In weniger als einem halben Jahr sind Sie auf dem ersten Arbeitsmarkt. Das wäre doch gelacht, wenn wir das nicht gemeinsam hinbekommen.»

«Hm», murmele ich zustimmend, obwohl ich mir da nicht so sicher bin wie Frau Steputat. Aber ich will sie nicht aus ihren Träumen reißen.

Vom Schmarotzer zum Verbrecher

So weit ist es also mit mir gekommen. Jetzt bin ich also auch einer von denen, die den Hals nicht voll genug kriegen können. Einer von denen, die den deutschen Wirtschaftsmotor ins Stottern bringen, weil es ihnen nicht ausreicht, vom Staat mit dem goldenen Löffel gefüttert zu werden, ohne eine Gegenleistung zu erbringen. Die Rede ist vom Leistungserschleicher, dem wohl widerwärtigsten Subjekt unserer Gesellschaft und selbst in Verbrecherkreisen geächtet.

Ich weiß nicht, wann und auf welche Weise ich den schmalen Grat auf dem Weg vom Hartz-IV-Empfänger zum gemeinen Betrüger überschritten habe, aber es ist passiert. Im Schreiben vom JobCenter vom April 2008 steht es schwarz auf weiß:

> *Sehr geehrter Herr Naumann,*
> *nach meinen Erkenntnissen haben Sie Leistungen nach dem Zweiten Buch Sozialgesetzbuch (SGB II) für die Zeit vom 01. 07. 2006 bis 31. 12. 2006 in Höhe von 2,40 Euro zu Unrecht bezogen.*

Ich ging ins Bad, hängte den Spiegel ab und warf ihn draußen im Hof in die Mülltonne. Ich konnte ihn sowieso nicht mehr gebrauchen. Nie wieder würde ich ruhigen Gewissens hineinsehen können.

Sicher, ich hatte nicht in böser Absicht gehandelt, aber das spielte keine Rolle. Wenn man schon durch Leistungen vom Staat anstrengungslosen Wohlstand genoss, dann war es verdammt noch mal das Mindeste, sich darum zu kümmern, dass man nicht mehr Geld bekam, als einem zustand.

So schrieb es mir auch das JobCenter:

Sie sind bzw. waren nach § 60 Erstes Buch Sozialgesetzbuch (SGB I) verpflichtet, der oben bezeichneten Behörde alle Veränderungen in den Verhältnissen mitzuteilen, die für die Leistung erheblich sind. Dieser Verpflichtung sind Sie zumindest grob fahrlässig nicht nachgekommen (§ 48 Abs. 1 Satz 2 Nr. 2 Zehntes Buch Sozialgesetzbuch – SGB X).

Und das war der springende Punkt. Es handelte sich nicht einfach um ein kleines Versehen oder eine unbedeutende Nachlässigkeit. Nicht nur fahrlässig, nein, grob fahrlässig hatte ich gehandelt – und das war im Prinzip fast so schlimm wie Vorsatz. Ich bin nicht besser als der Buchhalter, der hier eine Null weglässt und dort ein Komma an die falsche Stelle setzt.

Ich las weiter:

Außerdem haben Sie Einkommen oder Vermögen erzielt, das zum Wegfall oder zur Minderung Ihres Anspruchs geführt hat (§ 48 Abs. 1 Satz 2 Nr. 3 Zehntes Buch Sozialgesetzbuch – SGB X).

Ich kramte in meinem Gedächtnis und ließ das letzte halbe Jahr rekapitulieren, um mir klar zu werden, wann und wie ich jene 2,40 Euro erworben hatte, die von mir unterschlagen worden waren. Und dann fiel es mir ein: natürlich, die Tierparklotterie. Mit einem 50-Cent-Los hatte ich einen Gewinn von zwei Euro erzielt, den ersten Losgewinn meines Lebens. Ich muss so im Freudentaumel gewesen sein, dass ich glatt vergessen hatte, ihn beim JobCenter anzugeben. Mir wurde etwas mulmig zumute, als mir bewusst wurde, wie weit das Netzwerk des JobCenters reichen musste, wenn ihnen sogar ein Tierparklosgewinn nicht unbemerkt blieb.

Fehlten immer noch 40 Cent, für die ich auch nach langer Überlegung keine Erklärung gefunden hatte. Aber egal, das hatte sicher alles seine Richtigkeit. Auf Heller und Pfennig würde ich das Geld zurückzahlen, und wenn ich dafür meine ganze Verwandtschaft anpumpen musste. Aber das war gar nicht nötig, wie ich dem Schreiben entnahm.

> *Ich weise Sie darauf hin, dass der Erstattungsbetrag grundsätzlich in einer Summe zurückzuzahlen ist. Eine ratenweise Rückzahlung kommt nur bei entsprechenden wirtschaftlichen Verhältnissen in Betracht. Dazu müssen ggf. die gesamten Einkommens- und Vermögensverhältnisse dargelegt werden.*

Perfekt. Ich würde eine Zahlung von sechs Raten à 40 Cent beantragen und hatte gleichzeitig die Möglichkeit, es diesmal besser zu machen und bei der Darlegung meiner Einkommens- und Vermögensverhältnisse gleich anzugeben, dass die Kassiererin bei Aldi mir gestern 20 Cent zu viel rausgegeben hat. Bevor ich es grob fahrlässig wieder vergaß.

Die Faulheit der Wachkomapatienten

Liege auf dem Sofa und lese in der Zeitung, dass ein belgischer Wachkomapatient in Wirklichkeit zwei Jahrzehnte bei vollem Bewusstsein war. Offenbar kein Einzelfall, denn Tausende Wachkomadiagnosen seien zweifelhaft, wie neue Studien zeigen würden. Ich lege beunruhigt die Zeitung weg. Könnte mir durchaus vorstellen, dass ein zufällig anwesender Arzt mir auch fälschlicherweise Wachkoma bescheinigen würde, wenn er mich so auf dem Sofa liegen sieht. Oder vielleicht gar nicht fälschlicherweise, manchmal habe ich ja selbst das Gefühl, mehrmals am Tag ins Wachkoma zu fallen. Manchmal geht das dann direkt über in ein Mittagsschläfchen, so wie jetzt gerade, die Augen fallen mir zu, und ich fange an zu träumen, von einer Talkshow ...

Hart aber fair: Frank Plasberg im Gespräch mit dem FDP-Politiker Philipp Rösler, Bundesminister für Gesundheit, sowie dem betroffenen Wachkomapatienten Holger Marchlewski aus Eberswalde.

Frank Plasberg: Herr Rösler, gerade erst seit sechs Wochen im Amt, sind Sie mit Ihren provokanten Thesen quasi über Nacht zum neuen Star der FDP avanciert. Ihre unbestreitbar streitbare Forderung hört sich zunächst nach Populismus an, aber aus den Reihen der Wirtschaftsexperten bekommen Sie viel Zustimmung. Sie fordern: angebliche Wachkomapatienten raus aus dem Bett und ran an den Arbeitsplatz.

Philipp Rösler: Genau. Nach neuesten Studien sind 40 Prozent aller diagnostizierten Wachkomafälle bei Bewusstsein, das wären etwa 12 000 Menschen. 12 000 Menschen, die unsere Wirtschaft dringend braucht, 12 000 Arbeitskräfte, die auf dem Arbeitsmarkt fehlen.

Frank Plasberg: Nun gibt es da ja eine Theorie, welche besagt, dass es in Deutschland sowieso nicht genug Arbeitsplätze für alle gibt. Warum glauben Sie dennoch, dass hier Handlungsbedarf besteht?

Philipp Rösler: Sie sagen ja selbst, das ist eine Theorie. Aber auch wenn es so wäre – entbindet das die Scheinwachkomatösen von ihrer Pflicht, ihre Arbeitskraft zur Verfügung zu stellen und sich für das Gemeinwohl einzubringen?

Ich will niemandem etwas unterstellen, aber Fakt ist doch: Diese Menschen sind bei Bewusstsein und haben einen freien Willen. Ich kann mir nicht vorstellen, dass es da keine Möglichkeit gibt, sich bemerkbar zu machen, auf welche Weise auch immer. Mal eine Augenbraue hochziehen, mit dem Zeh wackeln, das muss drin sein. Aber da gehen diese Menschen dann lieber den leichten Weg: Sie legen symbolisch die Füße hoch und genießen die Vorzüge unseres Gesundheitssystems.

Frank Plasberg: Sie meinen also, dass diese potenziellen Arbeitskräfte sich ganz bewusst gegen die Anstrengungen und Pflichten entscheiden, die eine Aufklärung der Situation mit sich bringen würde? Die vorgeblichen Patienten lassen also die Fehldiagnose der Ärzte unkommentiert, um es sich in der Hängematte gemütlich zu machen? Herr Rösler, würden Sie sagen: Wir wurden alle getäuscht?

ACH, ICH WUSSTE JA GAR NICHT…
IHR MANN IST WACHKOMAPATIENT?
NEIN. ARBEITSLOS.
BIER
SCHIPS
SALZIG

Philipp Rösler: Wie schon erwähnt, ich will niemandem etwas unterstellen. Aber der Verdacht liegt natürlich nahe, dass die Bequemlichkeit der Hypochonder die zahlreichen Fehldiagnosen erst ermöglicht hat. Wissen Sie, es ist ja nicht so, dass ich die Probleme nicht sehen würde, die diese Menschen haben. Ich bin mir bewusst: Diese Menschen sind nicht auf der Höhe, sie sind gehandicapt. Aber wer ist das nicht heutzutage? Sehen Sie, ich habe beispielsweise Asthma. Lege ich mich jetzt sechs Wochen ins Bett und behaupte, eine schwere Lungenentzündung zu haben?

Frank Plasberg: So wie ich Sie kenne, verschweigen Sie eher Ihr Asthma, damit niemand auf den Gedanken kommt, Ihre Leistungsfähigkeit wäre eingeschränkt.

Philipp Rösler: Genau. So bin ich eben. Immer mit Volldampf voraus. Aber das erwarte ich ja gar nicht von allen. Nur wenn sich Menschen komplett vom Leistungsgedanken verabschieden, dann geht mir das gegen den Strich. Wie wollen Sie das auch den Leuten erklären, die trotz ihrer Behinderung jeden Tag ihren Beitrag zum Gemeinwohl leisten. Sehen Sie, gestern erst war ich in einer Behindertenwerkstatt und habe mich dort mit einer geistig Behinderten unterhalten. Die kann das nicht nachvollziehen, warum sie arbeiten gehen muss, während die angeblichen Wachkomapatienten auf der faulen Haut liegen. Und da kann ich sie gut verstehen.

Frank Plasberg: Kritiker werfen Ihnen vor, Ihr Ansinnen, die oft jahre-, wenn nicht jahrzehntelang mit Durchgefütterten wieder in Arbeit bringen zu wollen, sei unrealistisch, da diese Menschen sich angeblich weder bewegen noch sprechen können. Was entgegnen Sie diesen Madigmachern?

Philipp Rösler: Ich sehe das ein, die Berufsfähigkeit ist eingeschränkt. Niemand wird den Leuten eine Schaufel in die Hand drücken oder sie an eine Supermarktkasse setzen. Dennoch gibt es geeignete Einsatzmöglichkeiten. Nehmen wir zum Beispiel die Callcenter, da gibt es immer Bedarf. Ausgerüstet mit Sprechcomputern wären die Komasimulanten dafür doch prädestiniert.

Frank Plasberg: Und weil sie zur Bedienung der Sprechcomputer eine Assistentin brauchen, wird gleichzeitig ein neuer Arbeitsplatz geschaffen. Das ist brillant!

Philipp Rösler: Genau, Sie sprechen meine Sprache. Da liegt ein unglaubliches Potenzial in den Krankenhausbetten brach. Ich hoffe, nicht mehr lange.

Frank Plasberg: Das hoffen wir alle. Herr Rösler, ich danke Ihnen für das aufschlussreiche Gespräch.

Philipp Rösler: Ich danke auch.

Ich erwache aus meinem Mittagsschlaf. Erst jetzt fällt mir auf, dass Holger Marchlewski gar nicht zu Wort gekommen ist. Hat die ganze Zeit still auf seinem mobilen Bett gelegen. Wahrscheinlich einfach nur maulfaul, der eingebildete Kranke.

Ohne Chef kann ich nicht arbeiten

Ich weiß nicht mehr weiter. Bis gestern verlief mein Leben in einigermaßen geordneten Bahnen, ich putzte mir früh die Zähne, guckte um 18.10 Uhr wie üblich *Die Simpsons*, und dann war der Tag meistens auch schon rum. Man wusste einfach, alles geht seinen Gang, da ist jemand, der dafür sorgt. Und jetzt das. Diese Katastrophe.

Eine so allumfassende Unsicherheit, gepaart mit nacktem Entsetzen und hilfloser Angst, hatte ich zuletzt verspürt, als 2005, während der Live-Übertragung der Vorrundenspiele der Curling-Europameisterschaften der Damen, für etwa zehn Sekunden das Bild ausfiel. Aber da war nach zehn Sekunden alles wieder gut, mit dem stets griffbereiten Defibrillator hatte ich meine Lähmung überwunden und beruhigt weitergeguckt.

Diese zehn Sekunden werde ich meinen Lebtag nicht vergessen, dieses Gefühl der absoluten Ohnmacht und die bange Frage, wie es weitergeht. Und nun, fünf Jahre nach diesem Horrorerlebnis, ein Flashback hoch zehn. Unser Chef will nicht mehr, Horst «Hotte» Köhler hat gekündigt. Der absolut alleroberste Chef von allen. Weil er gedisst wurde. Das geht doch gar nicht! Wie kann denn der Chef kündigen? Das ist ja so, als würde Gott Suizid begehen oder die Bienenkönigin sich sterilisieren lassen oder der Flugzeugpilot sich kurz vor der Landung in der Toilette einschließen, weil ihm das mit der Landung zu heikel ist.

Was wird denn jetzt aus uns, und vor allem aus mir? Ich brauche einen Chef, das weiß ich, da muss ich mir gar nichts vormachen. Es war doch immer so und wird immer so sein: Kaum ist der Chef mal kurz weg, bricht das totale Chaos un-

ROBERT, ICK HAB DA 'N JOB FÜA DICH, UND ZWAR MEENEN. ICK WOLLT MIT DIE KUMPELS MA SO 'N PAAR WOCHEN ABTSCHILLN, AUßADEM MUSS ICK NOCH ZU DEN PLASSBERG INNE SENDUNG REIN. MACH EENFACH, WAS DE IMMA MACHST, DENN KLAPPT DIT SCHON. UND ZUR BELOHNUNG MACH ICK DIR DANNDE SCHUPPEN WEG, WA?
NÖ.
GOTT
ROBERT

ter den Untergebenen aus, und die eine Hand weiß nicht mehr, was die andere tut. Ich zumindest muss mich erst mal hinsetzen und das verdauen.

Lange sehe ich mir das Foto in der Zeitung an, in der die Nachricht vom Rücktritt steht. Der sieht so gut und lieb aus, der Horst, aber auch so ein bisschen lausbübisch. So ein bisschen eine Mischung aus Brad Pitt und Michel aus Lönneberga, finde ich. Man konnte sich jedenfalls unter gar keinen Umständen vorstellen, dass dieser Chef mal richtig auf die Palme geht und schimpft. Und jetzt haben sie mit ihm geschimpft. Weil er gemeint hat, dass man notfalls auch mal draufhauen muss, um unsere handelspolitischen Interessen zu wahren. Dabei steht das seit 2006 schwarz auf weiß genauso im Weißbuch der Bundesregierung. Aber laut darf man das so nicht sagen.

Oh Mann, ich bin völlig kopflos. Gerade eben wollte ich versuchen, meiner Ziel- und Planlosigkeit und meiner heillosen Verwirrung wenigstens den Anstrich von Normalität zu geben und *Die Simpsons* einschalten. Einfach erst mal so weitermachen wie immer, hatte ich mir als Parole ausgegeben, um die Panik niederzukämpfen. Minutenlang hatte ich wieder und wieder auf die «7» auf der Fernbedienung gedrückt, bis mir bewusst wurde, dass ich das Telefon in der Hand hatte. «Die von Ihnen gewählte Rufnummer ist leider nicht verfügbar», sagte eine Stimme aus dem Telefon, und für einen Moment verfiel ich erneut in Panik.

ProSieben nicht verfügbar? Hatte ich falsch kombiniert? Schon war ich aufgestanden, um mich weinend aus dem Fenster zu stürzen, bis ich meinen Irrtum bemerkt hatte. Das war knapp gewesen. Alles ging schief, ohne dieses beruhigende Gefühl der Sicherheit im Rücken zu haben, das mir Hotte gegeben hatte.

Meiner Meinung nach hat unser Ex-Bundespräsident hervorragende Arbeit geleistet. Wenn alles seinen Gang geht, ohne dass der Chef die ganze Zeit rummotzt, wenn man den Chef nämlich so gut wie nie sieht und auch gar nicht weiß, was er überhaupt den ganzen Tag macht, dann hat der Chef alles richtig gemacht. «Dann geht's ja auch ohne Chef», könnten da einige Naseweise behaupten, aber das ist natürlich Unfug. Die Präsenz im Kopf bei den Untergebenen muss vorhanden sein, damit alles flutscht. Ohne die bricht natürlich alles zusammen. So wie bei mir.

Jetzt habe ich es doch tatsächlich geschafft, den Fernseher einzuschalten, aber mir zu diesem Zeitpunkt noch überhaupt keine, null, nada Gedanken gemacht, was ich nachher zum Abendbrot essen soll. Und das um gleich halb sieben. Einfach total verschwitzt, die ganze Angelegenheit. Das ist mir noch nie passiert. Ich sehe schon, ich werde nachher hungrig ins Bett gehen. Ich kriege das alles nicht gebacken. Ich brauch meinen Präsidenten, meinen Chef von alles. Bitte beeilt euch, ihr da oben!

In Zimmer 211

Frau Steputat ist schlecht gelaunt. So freundlich, wie sie beim letzten Mal war, so ungenießbar ist sie heute. Ganz eindeutig ist sie mit Zucker unterversorgt. Missmutig blättert sie seit fünf Minuten in meiner Akte, dabei müsste sie die doch zur Genüge kennen. Ab und zu schmeißt sie mir ein paar Wortfetzen hin: Ich müsse aus dem Mustopf kommen, es sei nun Schluss mit lustig, sie müsse jetzt andere Seiten aufziehen.

Wahrscheinlich ist es der denkbar ungünstigste Zeitpunkt für mein Anliegen, aber ich versuche es dennoch.

«Frau Steputat», unterbreche ich ihre Aktenblätterei, «ich brauche Urlaub.»

«Das glaube ich nicht, dass Sie Urlaub brauchen», bemerkt sie in einem Ton, der keine weitere Diskussion wünscht. Aber so einfach lasse ich mich nicht abspeisen.

«Ich hab da einen rechtlichen Anspruch drauf, sogar auf einundzwanzig Tage, ich will aber nur vierzehn.»

Frau Steputat lächelt böse. «Das kann schon sein, aber wann Sie den Urlaub nehmen, darüber habe ich ein Wörtchen mitzureden. Wenn ich nämlich der Meinung bin, dass der Urlaub zeitlich unpassend ist, weil er eine Eingliederung in den ersten Arbeitsmarkt verhindern würde, dann muss ich Ihnen den nicht genehmigen.»

«Aber Sie haben doch momentan gar nichts für mich», sage ich verzweifelt. «Oder etwa doch?»

«Momentan nicht», erklärt Frau Steputat, «aber das kann sich ja ändern. Wann wollen Sie denn verreisen?»

«In vier Wochen.»

Frau Steputat ringt mit sich. Schließlich fasst sie einen Entschluss.

«Ich genehmige den Urlaub unter Vorbehalt. Das heißt, sollte ich in den nächsten Wochen ein Angebot welcher Art auch immer für Sie haben, dann hat das absoluten Vorrang. Verstehen wir uns, Herr Naumann?»

«Ganz klar», sage ich erfreut und gleichzeitig voller Angst, dass es mit dem Urlaub noch in die Hose gehen könnte.

«Dann bis zum nächsten Mal in drei Monaten», verabschiedet sich Frau Steputat und fügt boshaft hinzu: «Vielleicht aber auch früher.»

Und nächstes Jahr Hawaii (Auch Hartzer brauchen Urlaub)

Es ist so weit. Die nächsten Sekunden werden über unser Urlaubsziel entscheiden. Ich fahre mir noch einmal mit der linken Hand über die schweißnasse Stirn, dann schleudere ich den Dartpfeil mit geschlossenen Augen auf die große Weltkarte an der Wand.

«Ach du Scheiße», ist die erste Reaktion meiner Frau. «Schon wieder Berlin.»

«Treffer», frohlocke ich. Ich habe auch lange dafür geübt. Natürlich habe ich geschmult, aber auch so ist es nicht einfach, den kleinen roten Punkt zu treffen. Unsere finanzielle Situation erlaubt es uns seit Jahren nicht mehr, irgendwohin zu fahren, aber für meine Frau erhalte ich den Schein aufrecht. Doch nun gräbt sich zum ersten Mal eine misstrauische Falte zwischen ihre Augenbrauen. «Das machst du doch extra», sagt sie, «du zielst doch.»

Ich schüttle den Kopf. «Aber erstaunlich ist es schon», gebe ich zu.

Meine Frau bleibt skeptisch. «Diese Karte ist zwei Meter mal eins fuffzig groß, du wirfst blind einen Dartpfeil und triffst zum fünften Mal in sechs Jahren Berlin. Da kann doch was nicht stimmen.»

(Im ersten Jahr, als ich den Dreh noch nicht so raushatte, war der Pfeil irgendwo in Mecklenburg-Vorpommern gelandet, aber die Jahre danach hatten meine Würfe perfekt gesessen.)

«Ich kann mir das auch nicht erklären. Aber vielleicht treffe ich nächstes Jahr Hawaii», tröste ich sie.

Obwohl wir in Berlin bleiben müssen, wollen wir doch zumindest das Gefühl haben, in den Urlaub zu fahren. Und wenn es nur die S-Bahn ist, die uns zum Ferienziel bringt. Während wir noch hin und her überlegen, ob das Geld für einen Campingplatz am Rande Berlins reichen würde, hilft uns der Zufall aus der Klemme. Eine Freundin meiner Frau bietet uns an, während ihrer Südamerikareise den Bungalow ihrer Kleingartenparzelle zu nutzen. Begeistert sagen wir zu.

Eigentlich ist alles geklärt, die Ferien können kommen. Doch dann stellt meine Frau plötzlich die Frage in den Raum, ob wir uns zwei Wochen Urlaub ehrlich verdient haben. Wir überlegen, ob wir in der letzten Zeit Stresssituationen hatten bewältigen müssen, die zwei Wochen Erholung rechtfertigen. «Als du die Kinder gekriegt hast», schlage ich vor, «da waren wir doch beide ziemlich fertig danach!»

Nachdem meine Frau darauf hinweist, dass seitdem bereits einige Jahre vergangen seien, muss ich zugeben, dass es wohl absurd wäre, den Urlaub mit der Geburt der Kinder zu begründen. Aber sonst fällt mir nichts ein. Auch meine Frau kramt verzweifelt in ihrem Gedächtnis, und wir haben schon fast aufgegeben, als ich mich an eine Situation vor zwei Wochen erinnere. Wir hatten vor dem Fernseher gesessen, als plötzlich das Telefon geläutet und gleichzeitig jemand unten an der Haustür geklingelt hatte. Erschrocken hatten wir uns angeguckt, waren aufgestanden und hin und her gerissen gewesen. Schließlich hatten wir uns wieder hingesetzt und weiter *Die Simpsons* geguckt. Aber bis das Telefon schließlich aufgehört hatte zu läuten und die Türklingel verstummt war, standen wir völlig unter Strom. «Dein Herz hat ganz laut gepuckert», erinnert sich meine Frau an die heikle Situation. «Und du hast noch Tage danach immer so nervös mit den Augen gezwinkert», werfe ich ein, um auch meiner Frau das Gefühl zu geben, sie hätte sich den Urlaub redlich verdient.

Und nicht zu vergessen: Bis zur endgültigen Abfahrt in die Kleingartenanlage «Daheim II» lebe ich in der ständigen Angst, Post von Frau Steputat im Briefkasten vorzufinden. Allein schon für diese Strapaze sind zwei Wochen Erholung das Mindeste, was ich verlangen kann.

Plötzliche Arbeitslust

Der Urlaub ist vorbei, und beim routinemäßigen Herausschreiben von Kontakten aus den Stellenanzeigen der Zeitung stoße ich auf eine Anzeige, die mich tatsächlich interessiert. Wieder ist es ein Postdienstleistungsunternehmen, aber diesmal ist es die richtige Post. Es ist die Deutsche Post AG, die Briefzusteller in Teilzeit sucht. Und plötzlich passiert etwas für mich derart Ungewöhnliches, dass ich vor mir selbst erschrecke: Ich will den Job.

Lieber ein Ende mit Schrecken als ein Schrecken ohne Ende. Wer weiß, in was für absurde Weiterbildungen oder Ein-Euro-Jobs mich Frau Steputat noch steckt, wenn ich weiterhin ihr Kunde bleibe. Dann doch lieber eine Arbeit, die bei schönem Wetter vielleicht sogar Spaß machen könnte. Und in Teilzeit würde ich mich sicher auch nicht totarbeiten.

Zum ersten Mal verfasse ich also ein Bewerbungsschreiben, das nicht darauf angelegt ist, den potenziellen Arbeitgeber zu verprellen. Bisher gern benutzte Formulierungen wie «bei autoritären Vorgesetzten neige ich zum Zuschlagen» oder «da ich nachtaktiv bin, sollten Sie mir nachsehen, wenn ich den versäumten Schlaf am Arbeitsplatz nachhole», sind nun ungeeignet. Auch meine bislang verwendeten Bewerbungsfotos, auf denen ich wahlweise die Augen geschlossen halte, stark geschminkt bin oder die Zunge herausstrecke, kommen nicht in Frage.

Doch ich habe keinen blassen Schimmer, wie ich eine solche Bewerbung formulieren soll. Und wie soll ich meine langen Jahre der Arbeitslosigkeit erklären, ohne den Eindruck zu erwecken, ich sei einfach nur faul gewesen? Vielleicht so:

Sehr geehrter Herr X,
in den dreizehn Jahren meiner Arbeitslosigkeit hatte ich genügend Zeit, mich intensiv mit der Entwicklung Ihres Unternehmens auseinanderzusetzen, wodurch sich eine sehr enge und emotionale Bindung zu Ihrem Konzern entwickelt hat. All die dreizehn Jahre habe ich meine Jungfräulichkeit in Sachen Lohnarbeit für Sie aufgespart, da mir nur Ihr Betrieb als der richtige erschien. Jetzt aber ist der Zeitpunkt gekommen, da ich alle Bedenken über Bord werfe und sage: Nehmen Sie mich!

Eigentlich bin ich sehr zufrieden mit meinem Anschreiben. Allerdings frage ich mich leicht verunsichert, ob es für die Stelle eines Briefzustellers in Teilzeit nicht etwas zu dick aufgetragen ist. Vielleicht sollte ich lieber schonungslos ehrlich sein. Manchen Chefs gefällt so was ja – die Dinge beim Namen nennen und hoffen, dass man das sympathisch findet:

Sehr geehrter Herr X,
bis gestern war ich ein asoziales Subjekt am Tropf der Gesellschaft, ein hemmungslos schmarotzendes Individuum, das die Hängematte nur verließ, um neues Bier zu holen. Aber heute hat es «klick» gemacht. Sie sind der Erste, dem ich die Gelegenheit gebe, zu meiner Resozialisierung beizutragen.

Meine Stärken sind, dass ich momentan enorm an der Reduzierung meiner Unpünktlichkeit arbeite und mir die Kritik meiner Freunde und Bekannten, ich sei unzuverlässig, sehr zu Herzen genommen habe. Außerdem kann ich auf Wunsch mit einem gepflegten Äußeren auftrumpfen.

Hm, das ist zwar ehrlich, aber mir bleiben leichte Zweifel, ob ich damit eventuelle Mitbewerber ausstechen kann, die wahrscheinlich das Blaue vom Himmel lügen, nur um an den Job zu kommen.

Ich merke: So langsam wird mir das Ganze zu anstrengend. Seit geschlagenen drei Minuten brüte ich nun über dieser blöden Bewerbung, während draußen die Sonne scheint. Ist es das wert? Ich will den Job, aber wenn das Ganze in Arbeit ausartet, bevor die Arbeit angefangen hat, scheint mir die Verhältnismäßigkeit nicht mehr gegeben. Und überhaupt: So dringend brauche ich den Job gar nicht. Die sind doch auf mich angewiesen und nicht umgekehrt. Die wollen was von mir – warum soll ich mich da anstrengen? Genau so werde ich es schreiben. Nur geringes Interesse andeuten, wenig von mir preisgeben und dadurch den Fokus auf mich lenken:

Sehr geehrter Herr X,
ich bin auf die ausgeschriebene Stelle nicht angewiesen, aber grundsätzlich nicht abgeneigt. Ich habe einiges zu bieten, aber da ich sehr bescheiden bin, muss ich das hier nicht im Detail an die große Glocke hängen. Wenn Sie mir nicht glauben, ist die Vertrauensbasis schon zu Beginn unserer möglichen Zusammenarbeit empfindlich gestört. Es liegt also ganz bei Ihnen. Sollten Sie ein Gespräch mit mir wünschen, kann ich Ihnen den Dienstag in zwei Wochen anbieten, zwischen 15 und 15.30 Uhr. In der Hoffnung, Ihr Interesse geweckt zu haben,

mit lieben Grüßen
Robert Naumann

PS: Ein Bewerbungsfoto kann ich leider nicht beilegen, der Fotoladen hatte zu.

Abgeschickt habe ich dann doch die erste Variante. Bei abschließender selbstkritischer Betrachtung muss ich allerdings feststellen, dass das Ablehnungsschreiben, das ich eine Woche später in meinem Briefkasten fand, wohl auch gekommen wäre, wenn ich eine der beiden anderen Varianten gewählt hätte.

Das wird einfach nichts mit mir und dem ersten Arbeitsmarkt. Ich bekomme ja nicht mal einen Job, wenn ich ihn will.

In Zimmer 211

«So, Herr Naumann, diesmal hab ich hier was für Sie, und diesmal gibt es keine Ausreden mehr. Jetzt machen wir Nägel mit Köpfen.»

Frau Steputat reicht mir ein DIN-A4-Blatt, und ich stelle entsetzt fest, dass es sich um ein Stellenangebot handelt. Eine Firma sucht Produktionshelfer für 6,80 Euro brutto die Stunde.

«Das kann ich nicht machen», stoße ich hervor, «da verdiene ich ja nicht mal so viel, wie ich jetzt vom JobCenter bekomme.»

«Dann stocken Sie auf», entgegnet Frau Steputat unbekümmert. «Was Ihnen zum Existenzminimum fehlt, zahlen wir drauf.»

«Aber ...» Verzweifelt suche ich nach einer Möglichkeit, aus dieser Sache unbeschadet herauszukommen. «Aber ich habe mich gerade von meiner Frau getrennt, wir haben uns einfach auseinandergelebt. Das muss ich erst verarbeiten. Und dann habe ich so viel zu tun, ich bin auf Wohnungssuche, das passt gerade wirklich ganz schlecht.»

Frau Steputat bleibt hart. «Das mit Ihrer Trennung tut mir leid, aber wenn Sie nicht wieder sanktioniert werden wollen, dann müssen Sie sich da bewerben.»

Ich nicke stumm und formuliere in Gedanken bereits eine Bewerbung, die glaubhaft genug ist, um den Willen zur Einstellung erkennen zu lassen, andererseits aber die Einstellungschancen gering hält. Es fällt mir leicht, habe ich doch einige Übung darin.

«Wo ziehen Sie eigentlich hin?», fragt Frau Steputat plötzlich, und ich meine, ein ängstliches Flattern in ihrer Stimme zu hören. Ein anderer Stadtbezirk würde bedeuten, dass ich das JobCenter wechseln müsste. Daran habe ich bislang noch nicht gedacht, aber vielleicht wäre meine Sachbearbeiterin ja sogar unglücklich darüber, ihren treuesten Kunden zu verlieren. Ein unglaublicher Gedanke! Doch ich kann sie beruhigen. «Ich bleibe bestimmt in

Pankow», erkläre ich. «Schon wegen der Kinder. Aber es ist gar nicht so leicht, eine Wohnung zu finden.»

Erleichtert atmet Frau Steputat aus. «Dann wünsche ich viel Glück», sagt sie, «und denken Sie an die Bewerbung!»

Ruhig zum Hof gelegen

Theoretisch müssten Hartz-IV-Empfänger von jedem Vermieter mit Handkuss genommen werden, da in der Regel die Miete direkt vom JobCenter überwiesen wird. Das Problem ist nur, dass Hartz-IV-Empfänger in den Hausflur pinkeln, sich den ganzen Tag im Unterhemd aus dem Fenster lehnen und dabei auf die Straße spucken und leere Bierflaschen hinunterwerfen, die übrigen Hausbewohner im Suff verprügeln und ihren Hund in den Hof kacken lassen. Zumindest stand das in ihren Gesichtern geschrieben, in den Gesichtern der Mitarbeiterinnen und Mitarbeiter der Hausverwaltungen, für deren Wohnungen ich mich bewarb.

Nach zwölf Jahren Partnerschaft hatten meine Frau und ich beschlossen, in Zukunft getrennte Wege zu gehen. Immerhin hatten wir durch unser beider Arbeitslosigkeit so viel Zeit miteinander verbracht wie manche Paare in ihrem ganzen Leben nicht. Vielleicht war das einfach zu viel. Doch die Suche nach einer neuen Bleibe für mich gestaltete sich schwieriger als erwartet.

«Nein, Hartz-IV-Empfänger möchte der Vermieter nicht, tut mir leid!», war die übliche Reaktion, wenn ich statt der letzten drei Gehaltsabrechnungen eine Bescheinigung vorlegte, welche die Übernahme der Mietkosten durch das JobCenter bestätigte. Eine Sekretärin war blass geworden, hatte ihre zitternden Handflächen in meine Richtung gehalten und mich angefleht: «Bitte, gehen Sie weg! Gehen Sie weg!»

Nach zwei Monaten erfolgloser Wohnungsbewerbung war ich der Verzweiflung nahe, als ich schließlich mit Interesse eine kleine Zweizimmerwohnung in Weißensee im Großbezirk

Pankow besichtigte und die anwesende Mitarbeiterin der Hausverwaltung mir gierig meine Bescheinigung vom JobCenter aus den Händen riss.

«Morgen können Sie einziehen», stieß sie hastig hervor und rannte jubelnd davon. Ich hatte es tatsächlich geschafft. Sicher, es war keine Traumwohnung, und neben dem Manko, dass in Küche und Bad keine Heizung vorhanden war, schien der Tabakqualm der Vormieter noch in der Luft zu hängen. Aber damit konnte ich leben, immerhin waren die Zimmer schön ruhig zum Hof gelegen, wie es in der Annonce geheißen hatte.

Ich kann nun, da ich seit zwei Wochen hier wohne, bestätigen, dass man vom Straßenlärm tatsächlich nichts mitbekommt. Das liegt in erster Linie daran, dass der Straßenlärm keine Chance hat gegen den Presslufthammer, mit dem im Laden direkt unter mir der Fußboden aufgerissen wird. Tatkräftige Unterstützung findet der Presslufthammer unter mir durch Presslufthämmer mir gegenüber, denn pünktlich zu meinem Einzug begann offenbar die Sanierung der Häuser auf der gegenüberliegenden Seite des Hofes. Manchmal schweigen die Presslufthämmer von gegenüber für eine Weile, und die Bauarbeiter befördern dann den Schutt vom obersten Stockwerk durch eine lange Röhre nach unten. Offenbar beherrschen sie die Technik, den Schutt mit einem raffinierten Schlenker der Schubkarre irgendwie anzuschnibbeln, sodass er nicht senkrecht mit der üblichen Geschwindigkeit nach unten fällt, sondern in einer Art Ping-Pong-Technik zwischen den Wänden in der Röhre hin- und herprallt und nur ganz allmählich den Weg in die Tiefe findet.

Wohl zum ersten Mal in meinem Leben bedaure ich, keiner geregelten Arbeit nachzugehen und so dem Lärm entfliehen zu können. Aber auch das würde nichts nützen, denn der Zeitpunkt, zu dem die Bauarbeiter Feierabend machen, überschneidet sich mit jenem, zu dem der Mieter über mir nach Hause kommt und seinen Feierabend mit etwas Bowling auf der wohnungseigenen Bowlingbahn ausklingen lässt. Anders lassen sich die Geräusche nicht erklären. Und wenn seine Wohnung genauso geschnitten ist wie meine, kann ich ihm die Idee nicht mal übelnehmen, denn der lange Flur ist absolut bowlingbahngeeignet.

Die richtige Bowlingatmosphäre kommt allerdings erst auf, wenn er seine 100-Millionen-Watt-Stereoanlage bis zum Anschlag aufdreht und sich zum Rollen der Kugeln und zum Fallen der Kegel Ballermann-Hits gesellen. Aber was wäre ein Bowlingabend ohne Freunde? Er hat viele Freunde, der Mieter über mir. Viele trink-, gesang- und grölfreudige Männer im besten Alter. Und wohl auch die eine oder andere weibliche Person, deren Kreischen mühelos die Lautstärke der Presslufthämmer toppt.

Wenn die lustige Truppe nach zwei bis drei Stunden zu betrunken zum Bowlen ist, ziehen sie weiter in die Disco, welche ebenso wie die Bowlingbahn in die Wohnung integriert ist. Sie scheinen jedoch auch zum Tanzen zu betrunken zu sein, denn ihr Herumgehüpfe richtet sich nicht nach dem Takt der Musik. Offenbar geht es nur darum, wer am höchsten hüpfen kann. Sicher ein Heidenspaß in ihrer Verfassung. Immer wieder hört man es auch dumpf aufschlagen, wenn einer von ihnen die Balance verloren hat und der Länge nach auf die Dielen gestürzt ist.

Als ich einmal mutig und tapfer die Treppen nach oben stapfte und auf mein Klingeln niemand reagierte, hämmerte ich an die Wohnungstür. Irgendwie musste ich mehr Krach machen als die da drinnen, damit ich gehört wurde. Ich wurde auch sehr schnell gehört, allerdings vom Mieter nebenan, der mir in höflichem Ton bedeutete, dass er mir ein paar auf die

Fresse geben würde, wenn ich nicht sofort mit dem Lärm aufhörte. Ich überlegte kurz, ob ich mich als neuer Mieter vorstellen sollte und ob es angebracht wäre, ihn zu einem Kaffee einzuladen, aber der Zeitpunkt erschien mir ungünstig. So trat ich vorsichtig den Rückzug in meine schöne, neue und ruhig zum Hof gelegene Wohnung an und wartete darauf, dass die Disco über mir bald ihre Türen schloss.

Das monotone Presslufthammerrattern war fast einlullend gegenüber diesem unberechenbaren Durcheinander von Jürgen Drews und Scooter, von Gekreische und Gegröle, von Holtern und Poltern. Dem Hund meiner Nachbarin konnte ich nicht verdenken, dass er darauf mit verärgertem Bellen reagierte und auch noch weiterbellte, als über mir der letzte der Discobesucher in Schlaf gefallen war.

Welche Ironie des Schicksals, dass ich mir erst vor kurzem neue Hörgeräte zugelegt hatte, um besser zu hören. Aber inzwischen habe ich mich total an den Lärm gewöhnt und leide unter Einschlafproblemen, wenn der Mieter über mir nicht da ist. Für solche Fälle habe ich mir extra eine CD mit Ballermann-Hits zugelegt, die mich bei voller Lautstärke und gemeinsam mit dem dann einsetzenden Hundegebell in den Schlaf wiegt.

Ich weiß nicht, wie ich reagieren werde, wenn die Häuser fertig saniert und die Presslufthämmer abgezogen sind. Vielleicht werde ich mit Konzentrationsstörungen zu kämpfen haben. Die plötzliche Ruhe könnte mich aber auch depressiv werden lassen. Aber noch ist es nicht so weit. Noch umhüllt mich der Krach, und nur manchmal, in ganz seltenen Momenten, werde ich sentimental und sehne mich nach Ruhe. Dann fliehe ich aus der Wohnung und genieße die fast absolute Stille des Straßenverkehrs.

Wie ich mal mit einer betrunkenen Obstfliege Tacheles geredet habe

Ich sitze in der Küche meiner neuen Wohnung und trinke Rotwein. Mehr brauche ich nicht. Sitzen und Trinken sind zwei Tätigkeiten, die mich vollkommen ausfüllen. Damit bin ich ein beneidenswertes Subjekt in unserer heutigen Reizüberflutungsgesellschaft. Ein typischer Teenager beispielsweise hätte kaugummikauend Kopfhörer auf, die ihn mit Techno beschallen, ab und zu würde er sich ein Stück Pizza in den Mund stopfen, es, ohne zu kauen, runterschlucken, er würde die *Bravo* lesen und sich gleichzeitig mit seinen Eltern unterhalten. Und nach fünf Minuten würde er sich trotz der Reizüberflutung dermaßen langweilen, dass er mit dem ganzen Zeug in sein Zimmer verschwindet und seine PlayStation hochfährt, um ein paar Aliens abzuknallen.

Ich sitze und trinke schon seit Stunden – und mir wird nicht langweilig. Ab und zu gucke ich nach der Obstfliege, die seit geraumer Zeit um mein Weinglas schwirrt. Ein Wasserglas steht auch auf dem Tisch, aber das scheint sie nicht zu interessieren. Sie will sich betrinken, das ist offensichtlich. Traut sich aber nicht wegen der großen Hand, die das Weinglas festhält.

Um sie zu ermutigen, nehme ich die Hand weg. Die Obstfliege saust im Sturzflug in den Wein. Binnen Sekunden ist sie vollkommen blau. Weil ihre Leber so klein ist, kann sie den Alkohol nicht so schnell abbauen. Oder vielleicht haben Obstfliegen gar keine Leber. Dann wird sie höchstwahrscheinlich sterben. Ich tauche meinen Finger als rettenden Strohhalm in das Glas. Die Obstfliege krabbelt mühsam daran hoch, ihre Bewegungen sind unkoordiniert. Aus ihren roten, geschwollenen

Augen schaut sie mich verzweifelt an, dann kotzt sie auf den Küchentisch.

Das kleine Ding tut mir leid. Sie weiß ja nicht, dass das Schlimmste erst noch kommt, morgen früh, wenn sie aufwacht. Falls sie überhaupt jemals wieder aufwacht. Warum hat sie das getan? Vielleicht war ihr einfach nur langweilig. Obstfliegen haben ja nicht so viel zu tun, die haben praktisch ihr ganzes Leben Urlaub. Gut möglich, dass einem da die Decke auf den Kopf fällt. Zumal in meiner Küche. Kein Radio, kein Fernseher, nur ich und der Wein. Da langweilt sich selbst die genügsamste Obstfliege. Wahrscheinlich ist es auch noch so eine Teenager-Obstfliege, die womöglich in einer lauten und bunten WG-Küche wohnt und nur aus Versehen in meiner Küche gelandet ist. Das muss ein totaler Kulturschock für sie gewesen sein.

Sie hat sich inzwischen ein wenig berappelt und macht schon wieder ein paar verunglückte Flugversuche. Schließlich sieht sie ein, dass sie zum Fliegen zu betrunken ist, torkelt auf das Weinglas zu und macht sich daran, es hinaufzuklettern. Törichtes kleines Geschöpf! Entweder ist sie bereits alkoholkrank oder ziemlich dumm. Kurz bevor sie den Rand erreicht, schnippe ich sie vom Glas. Entrüstet blickt sie mich an, zitternd vor Wut. Wenn sie einen Stachel hätte, würde sie mich jetzt stechen. Ganz schön undankbar. Immerhin habe ich ihr gerade das Leben gerettet. Erneut steuert sie das Glas an, aber ich bin schneller und trinke es in einem Zug aus. Resigniert lässt sich die Obstfliege fallen und schläft ihren Rausch aus.

Die Sonne geht schon fast unter, als sie erwacht. Sie hat grässliche Kopfschmerzen und muss erneut kotzen. Es ist der richtige Zeitpunkt, um ihr ein bisschen ins Gewissen zu reden. Ich erkläre ihr, dass sie wieder lernen muss, sich auch an den kleinen Dingen zu erfreuen. Dass sie nicht in der Gegend her-

DIES, KINDER, WIRD EINES TAGES ALLES EINMAL EUCH GEHÖREN...
TOAST

umfliegen und Abwechslung suchen oder dem Glück hinterherjagen muss. Sondern als Obstfliege zum Beispiel einen faulen Apfel nicht einfach hinnehmen, sondern ihn bewusst genießen soll. Und dass man dann auch keinen Alkohol braucht.

Ich weiß nicht, ob meine Moralpredigt etwas bewirkt hat, aber immerhin klettert sie an meinem Arm hoch und setzt sich auf meine Schulter. Vielleicht ist es ein Zeichen, dass sie bereit ist, es zu versuchen. Gemeinsam gucken wir aus dem Fenster und beobachten den Sonnenuntergang. Mehr brauchen wir nicht.

Wer braucht schon einen Kühlschrank?

Außer am Wochenende von den Kindern bekomme ich selten Besuch in meiner neuen Wohnung. Umso überraschter war ich, als neulich gleich zwei Personen vor meiner Tür standen.

Ich hatte gerade drei Stunden geschlafen, als es Montagmorgen gegen 7.30 Uhr an die Wohnungstür hämmerte. Ich registrierte das, beschloss aber, es zu verdrängen und weiterzuschlafen. Doch der Klopfer hatte einen längeren Atem, und so trottete ich schließlich verschlafen zur Wohnungstür.

Durch den Spion sah ich zwei Herren in meinem Alter, beide in Jeanshose und -jacke, beide mit kurzen, blonden Haaren und fröhlich lächelnd. Ich öffnete die Tür.

«Keinen Schreck bekommen», sagte der linke Zwilling freundlich und heiter, «wir sind vom Prüfdienst des JobCenters, mein Name ist Winter.»

«Und ich bin der Herr Lohse», stellte sich sein Kollege vor.

Jetzt fiel es mir wieder ein: Ich war vor drei Monaten bei meiner Frau genauso ausgezogen, wie ich eingezogen war – mit einem Koffer in der Hand. Beim JobCenter hatte ich deswegen die Kostenübernahme für diverse Einrichtungsgegenstände für meine neue Wohnung beantragt und den Bescheid erhalten, man werde umgehend einen Prüfdienst zu mir in die Wohnung schicken. Und zack!, kaum hatte ich einmal gezwinkert, da waren sie also auch schon da.

Noch bevor ich die beiden hereinbitten konnte, hatten sie die Türschwelle übertreten und bogen nach rechts in die Küche ab.

«Ah, die Küche», erkannte Winter fröhlich.

«Da wäscht wohl jemand nicht gern ab», bemerkte Lohse augenzwinkernd.

«Geschirr vorhanden», murmelte Winter, während er diese Feststellung auf einen DIN-A4-Bogen übertrug.

Natürlich hatte ich mir inzwischen das Nötigste besorgt, mit Hilfe eines Darlehens meiner Mutter. Geschirr und ein paar Möbel vom Flohmarkt, Bett und Sofa bei eBay. Ich erklärte das den Prüfern, die verständnisvoll nickten und meinten, sie würden das so ans JobCenter weiterleiten.

«Aber ein Kühlschrank fehlt noch», stellte Winter fest, nachdem er sich weiter in der Küche umgesehen hatte.

«Allerdings», fuhr er fort, «sehe ich hier keine Lebensmittel, die der Kühlung bedürfen, ergo ...» Er zeigte mit dem Kugelschreiber auf Lohse, welcher den Satz triumphierend vollendete: «... braucht er keinen Kühlschrank!»

«Braucht keinen Kühlschrank», notierte Winter beschwingt auf seinem Bogen.

Dieser bestechenden Logik hatte ich nichts entgegenzusetzen. Ich war müde und wollte einfach nur wieder ins Bett.

«Oh, là, là», hörte ich Winter ausrufen, der bereits im Schlafzimmer angekommen war. Lohse pfiff dazu anerkennend.

«Ein Doppelbett», notierte Winter anzüglich grinsend.

«Das ist richtig gutes Holz», bemerkte Lohse fachmännisch und klopfte zur Bestätigung auf den Bettrahmen.

«Herr Naumann», wandte sich Winter erstaunt fragend an mich, «ein Doppelbett?»

«Das war das billigste Bett bei eBay», erklärte ich wahrheitsgemäß.

«Verstehen Sie mich nicht falsch», sagte Winter, «aber wir erleben so einiges. Neulich waren wir bei jemandem, der wollte die Kosten erstattet haben für irgendwelche orthopädischen Schuhe. Und wissen Sie was? Der war gehbehindert. Wozu braucht jemand neue Schuhe, der sowieso kaum laufen kann?»

«Und da fragen wir uns natürlich», schaltete sich Lohse ein, «wozu braucht jemand, der nur eine Person ist, ein Bett für zwei Personen? Nichts gegen Sie, Herr Naumann, aber es wird einfach viel Schindluder getrieben.»

Mir war inzwischen alles egal, ich wollte die beiden nur noch raushaben aus meiner Wohnung, das Geld vom JobCenter konnte ich wohl sowieso in den Wind schreiben.

Inzwischen im Wohnzimmer angekommen, strich Winter sanft mit zwei Fingern über die Lehne des kaputten Schreibtischstuhls, den ich für zehn Euro auf dem Flohmarkt gekauft hatte.

«Mhm», sagte er, «das ist was ganz Besonderes, frühes 17. Jahrhundert, wenn ich nicht irre.»

Lohse nahm auf dem Sofa Platz. «Mein Sofa bei mir zu Hause ist kleiner», seufzte er. «Und bei weitem nicht so weich.»

Dann fielen beider Blicke auf die Balkontür. «Sie haben Balkon?», fragte Winter irritiert und öffnete die Tür. Lohse trat hinzu und schwärmte. «Ein Balkon, das Mallorca des kleinen Mannes!»

«Na ja», entgegnete Winter, «das war früher mal. Wer kann sich denn heute noch Balkon leisten?»

«Ich kenne keinen», sagte Lohse. «Wer Balkon hat, der hat's geschafft!»

Die beiden genossen den unvertrauten Luxus und blieben draußen stehen, während mir die Augen zufielen. Da ich nicht wagte, die zwei zu stören, schritt ich durch meinen Palast zu meinem riesigen Doppelbett aus wirklich gutem Holz, legte mich hinein und schlief auf der Stelle ein.

Als ich um die Mittagszeit erwachte, waren Lohse und Winter weg. Auf dem Mülleimer im Flur klebte ein Zettel: «Muss es denn Edelstahl sein?»

Ich hab dann auf alles verzichtet und nur auf dem Geld für einen Kühlschrank bestanden, das mir dann auch ein halbes Jahr später vom JobCenter überwiesen wurde.

In Zimmer 211

Frau Steputat will mich in ein Bewerbungsseminar schicken. Sie hat wissen wollen, warum das am Ende mit der Stelle als Produktionshelfer für 6,50 Euro die Stunde nicht geklappt hat. Und dazu wollte sie meine Bewerbung sehen. Nachdem sie sich diese durchgelesen hat, sagt sie: «Die ist zwar nicht sanktionswürdig, aber ein wenig Bewerbungstraining könnte Ihnen nicht schaden.»

Ich überlege, ob ich ihr erzählen soll, dass ich in sechs Wochen bereits abgemeldet sein werde. Um es noch mal mit der Schriftstellerei zu versuchen, beziehungsweise mit dem Versuch, damit Geld zu verdienen. Das mit dem Roman hatte ich mir aus dem Kopf geschlagen und stattdessen viele kleine Geschichten geschrieben, Zeit hatte ich ja genug gehabt. Und nun wollte irgend so ein Verlag mir tatsächlich Geld dafür geben. Ich war dann kein Hartz-IV-Empfänger mehr – und damit weg vom JobCenter und weg von ihr, von Frau Steputat. Aber einmal will ich ihr eine Freude machen, sie soll die letzten Wochen im Guten an mich denken.

«Frau Steputat», sage ich mit Schwung, «das mach ich. Das hätte ich schon lange mal machen sollen. Wenn ich erst weiß, wie man das alles richtig macht mit so einer Bewerbung, dann geht's aufwärts!»

«So lobe ich mir das, Herr Naumann», freut sich meine Sachbearbeiterin.

«Und mal ganz unter uns», flüstert sie verschwörerisch und mit den Augen zwinkernd, «auf so einem Bewerbungsseminar lernt mal leicht mal jemanden kennen. Sie sind doch wieder frei auf dem Markt.»

«Na ja», entgegne ich, «ich fühle mich momentan ganz wohl als Single.»

Aber Frau Steputat will nichts davon hören. «Nix da, Herr Naumann, Sie brauchen eine Frau. Schon allein deshalb, damit ich nicht die einzige bin, die Ihnen ab und zu die Leviten liest.»

«Vielleicht haben Sie ja recht», sage ich einlenkend, «das wäre natürlich toll: neue Arbeit und neue Frau durch das Bewerbungsseminar.»

«Sag ich doch», meint Frau Steputat beschwingt. «In zwei Monaten läuft eines an, ich trage Sie dann schon mal ein.»

«Okay», sage ich und bringe es nicht übers Herz, ihr zu erklären, dass ich dann gar nicht mehr Kunde des JobCenters sein werde.

Wie ich mal als Blumengießer versagt habe (Daniels Blümchen hatten Durst)

Es passiert nicht oft, dass mir Verantwortung übertragen wird. Wahrscheinlich sieht man es mir an der Nasenspitze an, dass ich damit nicht umgehen kann. Und dass ich gar keine Verantwortung übernehmen will. Schon Kleinigkeiten überfordern mich total. Ein beiläufig dahingemurmeltes: «Kannst du mal auf meine Tasche aufpassen, ich bin gleich wieder da?» beschert mir Schweißausbrüche und macht mich völlig hilflos. Meistens ist die Tasche dann auch weg, wenn der Taschenbesitzer wiederkommt, und ich muss mir Vorwürfe anhören. Dass ich die Tasche gegen drei maskierte Räuber verteidigt habe und erst klein beigeben musste, als plötzlich fünf maskierte Räuber auftauchten, interessiert den Taschenbesitzer nicht. Na gut, dass mit den fünf Räubern ist gelogen. Das mit den drei Räubern auch. Eigentlich habe ich die Tasche und die Verantwortung dafür an einen vorübergehenden Landstreicher übergeben, der auf mir lastende Druck war einfach zu groß.

Die meisten Leute wissen um meine Scheu vor Verantwortung und ziehen die richtigen Konsequenzen. Wenn es in einer Gruppe von Menschen um die Verteilung von Aufgaben geht, dann heißt es in der Regel: «Ach Robert, du bleib mal einfach da sitzen, da kannste nichts falsch machen!» Damit kann ich gut leben.

Umso überraschter war ich, als mich neulich mein Freund Daniel anrief und mich bat, während seiner Abwesenheit die Pflanzen in seiner Wohnung zu gießen. Sicher, er hatte mir einige Freundschaftsdienste erwiesen und konnte zu Recht erwarten, dass ich nicht nein sagte. Aber war er sich des Risikos nicht bewusst? Und ausgerechnet Blumen gießen! Ich konnte ja nicht einmal die Verantwortung für meine eigenen Pflanzen übernehmen. Von den vier Pflanzen, die ich von verschiedenen Verwandten geschenkt bekommen hatte, damit es in meiner Wohnung etwas grüner aussieht, waren drei innerhalb von zwei Wochen eingegangen. Nur die Palme kämpft immer noch erbittert um ihr Leben, aber auch sie sieht mittlerweile ziemlich behindert aus, mit so komisch gekrümmten Blättern. Sie ist auch eher beigefarben als grün.

Aber offenbar waren alle möglichen Bekannten Daniels ebenfalls in Urlaub, und nur ich war als potenzieller Blumengießer übrig geblieben. Wenn ich mir die Freundschaft mit Daniel nicht verscherzen wollte, musste ich wohl oder übel zusagen.

Die Sache wurde nicht leichter durch die Tatsache, dass Daniels Wohnung zwei Balkone hatte und seine Frau jede Minute ihrer Freizeit nutzte, diese mit immer mehr Pflanzen vollzustellen. Daniel führte mich durch die Wohnung und erklärte, welche Pflanzen mehr, welche weniger Wasser brauchten, welche Blume eher früh und welche eher abends Durst hatte, dass jene Palme dort in der Ecke sehr launisch sei und man daher nach Intuition gießen müsse und dass ich bitte nicht an seinen PC gehen solle. Der sei sowieso kaputt. Das werden wir ja sehen, dachte ich mir im Stillen.

«Und», sagte Daniel, «können wir uns auf dich verlassen?» Betreten guckte ich zur Seite. Ich wollte nicht lügen. Daniel legte mir die Hand auf die Schulter, sah mir in die Augen und wiederholte mit viel Nachdruck in der Stimme: «Robert, können wir uns auf dich verlassen?» Ich schwindelte, was das Zeug hielt. «Ja, ich komm schon klar», sagte ich. Daniels Frau guckte skeptisch und übergab mir den Schlüssel.

Eine Woche nach Daniels Abreise entdeckte ich beim Entrümpeln meines Rucksacks einen Schlüssel, der nicht mir zu gehören schien. Ein paar Gedankengänge später machte es klick. Scheiße, die Blumen! Nach einer Woche mit Temperaturen weit über dreißig Grad waren die wahrscheinlich etwas indisponiert.

Ich musste retten, was zu retten war, und machte mich auf den Weg. Als ich Daniels Wohnung betrat, führten mich meine ersten Schritte jedoch nicht zu den Blumen, sondern zu seinem PC. Der war tatsächlich kaputt. Aber es gab sicher noch mehr zu entdecken. Mit viel Liebe zum Detail durchstreifte ich langsam die Zimmer, öffnete hier eine Schublade und dort einen Schrank, fuhr mit den Fingern sanft durch die Kleider von Daniels Frau und spielte mit dem Gedanken, ein paar davon anzuprobieren. Aber der Ordner mit den Kontoauszügen forderte zunächst längere Zeit meine Aufmerksamkeit. So schlecht, wie Daniel immer erzählte, ging es ihnen ja wohl doch nicht. Im Kinderzimmer fand ich das Tagebuch der Tochter leider verschlossen, außer einem Flummiball der einzige interessante Gegenstand im Zimmer. Nach fünf Minuten Flummiballspielens gegen die Wand packte mich die Langeweile, und ich setzte meine Exkursion im Wohnzimmer fort.

Richtig schöne neue Möbel hatten die. Ich setzte mich in einen Sessel und seufzte behaglich. Das war schon was anderes als bei mir zu Hause. Richtig wohlfühlen könnte man sich hier. Wären da nicht diese Blumen. Ich hatte sie schon fast wieder vergessen. Dieses beschissene Grünzeug. Oder Braunzeug, das war wohl zum jetzigen Zeitpunkt treffender. Bis auf die Kakteen, die sich hervorragend gehalten hatten, bot der Rest ein Bild des Jammers.

Ganz klar, es war Daniels Fehler gewesen, mir die Verantwortung für diesen verdammten botanischen Garten zu übertragen. Er hätte wissen müssen, dass das schiefgeht. Aber das konnte ich ihm so natürlich nicht sagen. Eine gute Ausrede war gefragt. Aber darin war ich ja geübt. Und so schrieb ich einen Brief an Daniel:

> *Lieber Daniel,*
> *einen Tag nach eurer Abreise ist etwas Schreckliches passiert. Ich war gerade auf dem Weg zu deiner Wohnung, um die Blumen zu gießen, als mich drei maskierte Räuber feige umstellten und alles verlangten, was in meinen Hosentaschen war. Bedauerlicherweise war darunter dein Schlüssel. Was das für die Blumen bedeutet, mag ich mir gar nicht vorstellen. Es tut mir sehr leid.*
> *Dein Robert*

Hoffentlich glaubt er mir das, und hoffentlich bleibt er mein Freund. Ich brauch nämlich noch jemanden, der meine Palme gießt, wenn ich im Urlaub bin.

2. Mai – ich war dabei

Längst hat der 2. Mai, der internationale Kampf- und Feiertag der Arbeitslosen, dem 1. Mai an Bedeutung den Rang abgelaufen. Während am 1. Mai immer weniger Vertreter der immer bedeutungsloser werdenden Arbeiterklasse für ihre Rechte demonstrieren, wächst die Zahl der an Bedeutung zunehmenden Arbeitslosen, die am 2. Mai gegen den Zwang zur Lohnarbeit demonstrieren, ins schier Unermessliche. Na ja, oder so ähnlich. Zum siebten Mal hatte die «Lesebühne» Surfpoeten zur machtvollen Großkundgebung aufgerufen, und zum siebten Mal bin ich dabei:

12.50 Uhr: Etwa zwanzig tapfere Recken haben sich am Senefelderplatz im Prenzlauer Berg versammelt. Als ich dazustoße, schlägt mir ein Orkan der Begeisterung entgegen, und unter lauten Sprechchören werde ich willkommen geheißen. Na gut, da habe ich jetzt ein wenig dramatisiert, aber zumindest der berühmte Schriftsteller Ahne, ehemaliges Mitglied der Surfpoeten und Mitinitiator der Demonstration, sagt mir guten Tag.

Was außer etwa – na ja, leicht übertriebenen – dreieinhalb Millionen demonstrationswilligen Berlinern noch fehlt, sind der Lautsprecherwagen in Form eines kaputten Kleinbusses sowie das fußballflächengroße Transparent, auf dem «Gegen den Zwang zur Lohnarbeit» geschrieben steht. Außerdem ist keine Spur von den Demonstrationsleitern zu sehen, dem berühmten Schriftsteller Spider, ebenfalls ehemaliges Mitglied der Surfpoeten, und dem berühmten Schriftsteller Tube, der immer noch Surfpoetenmitglied ist.

12.55 Uhr: Weitere Aktivisten sind dazugestoßen, unter ihnen Mitglieder der Linksjugend und des «Netzwerks Grundeinkommen». Ein leichtes Hungergefühl beginnt sich in mir zu regen, normalerweise esse ich um exakt 13 Uhr zu Mittag.

13.00 Uhr: Inzwischen dürften es real rund fünfzig Mann sein, die sich versammelt haben. Damit sind wir zumindest schon mal dem Polizeiaufgebot an Personenstärke überlegen. Die Polizisten sehen aus, als hätten sie keine Lust zu arbeiten. Wer kann es ihnen verdenken. Überlege, ob ich mir noch schnell eine Currywurst hole.

13.05 Uhr: Tube, Spider, der Kleinbus, das Transparent und etwa hundert weitere Teilnehmer treffen zur gleichen Zeit ein. Immerhin, das sind etwa 0,004 Prozent der Berliner Bevölkerung. Viele haben liebevoll bemalte Schilder mitgebracht. «Mein Freund ist Roboter» und «Arbeit ist heilbar» kann ich auf zweien lesen.

13.10 Uhr: Spider erklärt per Megaphon Sinn und Zweck der Demonstration und den Routenverlauf, dann setzt sich der Demonstrationszug in Bewegung, die Schwedter Straße hoch. Ein paar Freiwillige tragen das riesige Transparent vorneweg. Einer der Freiwilligen bin ich, weil mir jemand das Transparent in die Hand gedrückt hat. Gehe davon aus, dass mich irgendwann jemand ablösen wird. Muss mir zwischendurch nämlich dringend was zu essen besorgen.

13.25 Uhr: Kastanienallee. Es fängt an zu regnen. Zum Glück habe ich kein weißes T-Shirt angezogen, sonst könnte man jetzt meine Brustwarzen durchschimmern sehen. Spider gibt die Teilnehmerzahlen der zur selben Zeit auf der ganzen Welt stattfindenden Demonstrationen zum Kampf- und Feiertag der Arbeitslosen durch. Tokio: 450 000, London: 600 000, New York: 750 000, Königs Wusterhausen: eine Million.

Gelächter ringsum, man hält das offenbar für einen Witz. Ich glaube Spider. Wenn man ganz fest an etwas glaubt, geht es in Erfüllung. In Neuruppin sind es sogar drei Millionen, und in Paris fast auch, da bin ich mir sicher.

13.40 Uhr: Die Schönhauser Allee ist erreicht. Sprechchöre skandieren: «Wir haben Zeit!» und «Kein Schweiß für Geld!». Eine ältere Frau geht kopfschüttelnd und brummelnd an uns vorbei. Verstehe nur die Wörter «früher nicht» und irgendwas mit «vergasen».

Aus einem Hähnchenimbiss dringen die Röstaromen von gegrillter Hähnchenhaut zunächst in meine Nase, dann in mein Gehirn und schließlich in meinen Mundraum, was sich an einem Spuckefaden bemerkbar macht, der mir aus dem Mundwinkel tropft. Mein Magen krampft sich schmerzhaft zusammen.

13.45 Uhr: Tubes Stimme dröhnt aus den Lautsprechern. Er erzählt, dass er oft gefragt werde, wo denn das Geld herkommen solle für ein bedingungsloses Grundeinkommen für alle. Er gibt gleich die Antwort mit einer der innovativsten ökonomischen Ideen des letzten Jahrhunderts: Man kann es drucken. Suche verzweifelt nach jemandem, der mich am Transparent ablöst, aber niemand guckt in meine Richtung.

13.50 Uhr: Hunger.

13.55 Uhr: Schön-Schöner-Schönhauser-Allee-Arcaden. Der Halte- und Wendepunkt unserer Demonstration und Gelegenheit für eine Zwischenkundgebung. Der berühmte Schriftsteller Robert Weber, auch ein ehemaliges Surfpoetenmitglied, hält einen Redebeitrag. Mich kaum noch auf den Beinen haltend, stelle ich erschrocken fest, dass er mehrere DIN-A4-Seiten in den Händen hält. Kann das Transparent nur noch mit Mühe halten.

14.05 Uhr: Nach dem guten, aber langen Redebeitrag Robert Webers nun das Gebet gegen die Arbeit von dem leider verstorbenen berühmten Schriftsteller Michael Stein, Ex-Mitglied der Surfpoeten. Es wird vorgebetet von Ahne, im Chor nachsprechend die Demonstrationsteilnehmer:

Arbeit!
Geißel der Menschheit!
Verflucht seist du bis ans Ende aller Tage
Du, die du uns Elend bringst und Not
Uns zu Krüppeln machst und zu Idioten
Uns schlechte Laune schaffst und unnütz Zwietracht säst
Uns den Tag raubst und die Nacht
Verflucht seiest du
Verflucht
und nochmal verflucht
In Ewigkeit
Amen

Das morphische Feld, das wir erzeugen, ist zumindest sogar für mich kurz sichtbar und scheint sich wie eine rasant ausbreitende Hülle um den ganzen Globus zu spannen.

14.10 Uhr: Es geht zurück zum Ausgangspunkt. Niemand hat mir das Transparent abgenommen. Meine Beine wackeln, aber ich halte durch. Ich bin ein Held!

14.40 Uhr: Zurück am Senefelderplatz. Zwischendurch mehrmals entkräftet hingefallen, immer wieder aufgerappelt. Für die gute Sache hat mein Körper nach den Energiereserven auch alle Fettreserven verbrannt. Als ich mich verabschiede, brandet Jubel auf. Oder nur Ahne sagt leise «Tschüss», kann auch sein.

Schaffe es noch bis zum Dönerladen gegenüber, bin aber zu entkräftet, um zu sprechen, sodass ich nur auf den Drehspieß zeige und dann auf meinen geöffneten Mund. Man versteht mich zum Glück. Als die ersten Bissen in meinem Mund verschwinden, kehren langsam die Kräfte zurück. Schon Wahnsinn, was man alles auf sich nimmt für dieses bedingungslose Grundeinkommen. Aber das ist es mir wert. Weil es Irrsinn ist, die eigentlich erfreuliche Tatsache zu beklagen, dass uns immer mehr Arbeit von Maschinen abgenommen wird und wir deswegen viel tolle Freizeit hätten, die wir sinnvoll nutzen könnten. Stattdessen werden Unmengen Geld und Zeit investiert, um Arbeitsplätze zu schaffen, die eigentlich kein Mensch braucht. Weil Arbeit angeblich nur dann «richtige» Arbeit ist, wenn es ein sozialversicherungspflichtiger Vollzeitjob ist. Es wird Zeit, dass dieser Arbeitsbegriff neu definiert wird.

Jetzt müssen die Demonstrationen rund um den Erdball aber langsam mal Wirkung zeigen, weil viele Jahre macht mein Körper das nicht mehr mit. Irgendwann muss auch ein Held mal Pause machen.

Abschied in Zimmer 211

Ich muss verrückt sein. Dieser Schritt ausgerechnet in diesem Moment entbehrt jeder Logik. Jetzt, da der Rubel rollt für alle Hartz-IV-Empfänger, steige ich aus. Aufgerüttelt durch einen kleinen Denkanstoß vom Verfassungsgericht, sind Regierung und Teile der Opposition über ihren Schatten gesprungen und haben in einer beispielhaften Aktion und unbeeindruckt von Neidern und Miesmachern einen neuen Hartz-IV-Satz durchgepeitscht, der sich gewaschen hat. Fünf Euro mehr klingt erst mal nicht viel, aber umgerechnet sind das tausend Ostmark! Fünf Euro mehr pro Monat, das bedeutet jeden zweiten Tag eine Schrippe extra oder jeden dritten Tag eine Flasche Bier mehr als sonst, das sind zwei Drittel einer Kinokarte oder zwei Fahrten mit der BVG, und dann hat man sogar noch zwanzig Cent übrig! Kurz gesagt: Fünf Euro mehr bedeuten finanzielle Sicherheit.

Jahrelang habe ich auf diesen Moment gewartet, und jetzt will ich das einfach so sausenlassen? Ich weiß nicht, was in mich gefahren ist. Auch Frau Steputat hat Schwierigkeiten, das zu verdauen.

«Was haben Sie gesagt?», fragt sie mit weit aufgerissenen Augen und ein wenig zitternder Stimme.

«Ich muss Sie leider verlassen», sage ich ein zweites Mal, und für einen Moment scheint die Zeit stillzustehen. Wie ein Echo hallen meine Worte durch die Gänge des JobCenters, und für einen Augenblick erstarrt jede Bewegung. Eine Bombe sind diese Worte, so absurd und unfassbar, als würde Homer Simpson erklären, er ginge heute lieber mit Lisa in die Bibliothek statt Bier trinken zu Moe, als würde Alice Schwarzer ihre Verlobung mit Jörg Kachelmann bekanntgeben und ein beliebiger deutscher Comedian einen guten Witz machen.

Frau Steputat schließt die Augen und atmet mehrmals tief durch. Schließlich beugt sie ihren massigen Oberkörper vor, legt ihre Hand auf meine, und als sie spricht, rollt eine Träne aus ihrem rechten Auge. «Herr Naumann, ich weiß nicht, was ich sagen soll.»

Ich tätschle beruhigend ihre Hand. «Ich weiß, wie Ihnen jetzt zumute ist, für mich ist das auch nicht einfach. Aber mein Entschluss steht fest, ab dem 1. April bin ich kein Hartz-IV-Empfänger mehr!»

Wie von der Tarantel gestochen zieht sie ihre Hand weg und mustert mich argwöhnisch. «So, so», sagt sie, «ab dem 1. April also. Und dann kommen Sie hier am 1. April wieder angetanzt, und alles war nur ein Aprilscherz, oder wie?»

«Ach so, ha ha, nein, nein ...»

Doch Frau Steputats Misstrauen ist geweckt. Erst jetzt wird ihr die ganze Tragweite bewusst und wie naiv es ist, mir einfach so Glauben zu schenken.

«Was wollen Sie denn machen, Herr Naumann? Sie kommen doch gar nicht zurecht da draußen.»

«Na ja», sage ich, «ich probier's noch mal, schriftstellermäßig und so.»

Milde lächelnd schüttelt Frau Steputat den Kopf.

«Nein, nein, Herr Naumann. Wir wissen doch, dass das nicht klappt. Das hier ist Ihr Zuhause, hier gehören Sie hin.»

Sie will mich nicht gehen lassen, das ist klar. Wir haben uns so aneinander gewöhnt, dass sie gar nicht mehr ohne mich kann. Ich bin ihre Muse, die Triebfeder für ihre Arbeit, der Reibungspunkt, den sie braucht. Jahrelang hat sie unter Aufbietung all ihrer Kräfte erfolglos versucht, mich in den Arbeitsmarkt zu zwängen, und nun, da ihr Ziel erreicht ist, wird ihr klar, wie sinnlos ihr weiteres Leben sein wird. Die gleiche Leere spürt sie wie der Briefmarkensammler, der nach lebenslanger manischer Suche die Blaue Mauritius

BLEIBEN SIE HIER, HERR NAUMANN! DIE SCHRIFTSTELLEREI LOHNT DOCH GAR NICHT! DIE LEUTE GUCKEN VIEL LIEBER RTL 2! HERR NAUMANN!! DAS WIRD NICHTS MIT DEM BUCH!!! DAS WIRD...
211

gefunden hat, wie der Computerspieler, der im letzten Level den Endgegner besiegt hat, oder wie ich, wenn ich das letzte Bier aus dem Kühlschrank nehme, denn der Weg ist das Ziel.

«Es tut mir leid, Frau Steputat», sage ich und strecke ihr die Hand entgegen, «auf Wiedersehen!»

Sie nimmt die Hand und lässt sie nicht mehr los.

«Herr Naumann», fleht sie mich an, «lassen Sie uns einfach so weitermachen wie bisher. Ich hab hier ein Angebot für Sie, bei einer Zeitarbeitsfirma, das schlagen Sie aus, und ich sanktioniere Sie, wie immer, einfach alles wie immer. Wir sind doch ein eingespieltes Team!»

Mühsam kann ich mich losreißen und auf den Flur flüchten, doch sie rennt mir hinterher.

«Herr Naumann, bleiben Sie hier, oder ich kürze Ihnen die Leistungen!»

Diese Drohung ist sinnlos, da ich ja ab April gar keine Leistungen mehr beziehe. Das wird auch Frau Steputat klar.

«Ich erhöhe Ihre Leistungen, ich leg aus meiner Tasche noch was drauf!», ruft sie verzweifelt. «Sie brauchen auch nicht mehr ins Amt zu kommen, ich mache Hausbesuche. Egal wann, nur wenigstens zweimal im Jahr.»

Ich habe den Fahrstuhl erreicht, der zum Glück gerade auf meiner Etage ist. «Lassen Sie uns noch mal von vorn anfangen» sind die letzten Worte, die ich deutlich von ihr höre. Dann schließt sich die Fahrstuhltür, und dumpfes Schluchzen ist zu hören. Sie sagt wohl noch etwas, aber ich bin mir nicht sicher, ob ich es richtig verstehe. Es klingt wie: «Ich kann mich ändern, Herr Naumann!»

«Tschüss», sage ich zum Security-Personal am Eingang. Als ich die Tür aufmache, scheint die Sonne.

Glossar

2. Mai – Seit 2005 der internationale Kampf- und Feiertag der Arbeitslosen, jährlich in Berlin begangen mit einer Demonstration gegen den Zwang zur Lohnarbeit und für ein bedingungsloses Grundeinkommen.

Abhartzen – Rumgammeln. Sich bewusst für die Arbeitslosigkeit entscheiden.

ABM (Arbeitsbeschaffungsmaßnahme) – Vom → **JobCenter** bezuschusste Tätigkeit auf dem → **zweiten Arbeitsmarkt.** Vor allem für Langzeitarbeitslose gedachte Möglichkeit zur Resozialisierung.

AGH-MAE (Arbeitsgelegenheit mit Mehraufwandsentschädigung) – Im Volksmund → **Ein-Euro-Job** genannt. Angeblich im öffentlichen Interesse stehende Tätigkeit für → **Hartz-IV**-Empfänger. Mittlerweile aber auch von Privatunternehmen genutzte Möglichkeit zur Senkung der Lohnkosten. Soll Langzeitarbeitslose wieder an den → **ersten Arbeitsmarkt** heranführen.

Arbeit – Geißel der Menschheit

Arbeitgeber – Meistens böser, von Profitgier zerfressener Mensch, der seine → **Arbeitnehmer** ausbeutet, um sich einen dritten Porsche kaufen zu können.

Arbeitnehmer – Von den Launen seines → **Arbeitgebers** abhängiger, bedauernswerter Mensch. Tut trotz Stress, Mobbing und Niedriglohn oft alles, um seinen Job behalten zu können.

Arbeitsamt – Völlig veraltete, extrem uncoole Bezeichnung für das → **JobCenter**

Arbeitslosengeld II (Alg II) – Almosen vom Staat für erwerbsfähige Leistungsberechtigte, im Volksmund → **Hartz IV** genannt. Die 364 Euro für einen alleinstehenden Erwachsenen (plus Kosten für Unterkunft und Heizung) laden laut Guido Westerwelle zu spätrömischer Dekadenz ein. Kann durch → **Sanktionen** gekürzt werden.

Arbeitslosigkeit – Eigentlich erstrebenswerter Zustand der grenzenlosen Freizeit, wird aber in der Gesellschaft als Makel angesehen. Von den meisten gefürchtet, da schlecht bezahlt. Siehe → **Arbeitslosengeld II**

Bedarfsgemeinschaft – Wurde mit den Hartz-Gesetzen eingeführt, um Kosten zu sparen. Bezeichnet in persönlichem oder verwandtschaftlichem Verhältnis zueinander stehende Personen in einem Haushalt, die ihren Lebensunterhaltsbedarf gemeinsam decken müssen und darum keinen Anspruch auf → **Arbeitslosengeld II** haben, wenn das Gesamthaushaltseinkommen, geteilt durch die Anzahl der Personen, höher ist als die Grundsicherung.

Bewerbungsbemühungen – Werden vom → **Hartz-IV**-Empfänger in einer vom → **PAP** festgelegten Anzahl pro Monat verlangt. Kann der → **Hartz-IV**-Empfänger diese nicht oder nur unzureichend nachweisen, erfolgt eine → **Sanktion.**

Bewerbungsgespräch – Dialog zwischen → **Arbeitgeber** und → **Arbeitnehmer**, in dem der Arbeitnehmer durch vorher im Bewerbungsseminar einstudierte Sätze den Arbeitgeber davon zu überzeugen versucht, ihm den Job zu geben.

Bundesagentur für Arbeit – Überflüssige Institution mit den primären Aufgaben, die Arbeitslosenstatistik zu verfälschen sowie Unternehmern billige Arbeitskräfte zu verschaffen.

Bundesanstalt für Arbeit – Völlig veraltete, extrem uncoole Bezeichnung für die → **Bundesagentur für Arbeit.**

Ein-Euro-Job – Siehe → **AGH-MAE**

Eingliederungsvereinbarung – Vertrag zwischen → **PAP** und → **Hartz-IV**-Empfänger, in dem Pflichten und Leistungen beider

Seiten geregelt sowie die Ziele definiert werden. Um in den Genuss von → **Arbeitslosengeld II** zu kommen, ist der → **Hartz-IV**-Empfänger gezwungen, den Vertrag zu unterschreiben.

Erster Arbeitsmarkt – Das Nonplusultra für jeden Arbeitnehmer, der reguläre Arbeitsmarkt. Im Gegensatz zum → **zweiten Arbeitsmarkt**

Fallmanager – Besonders qualifizierte Mitarbeiter des → **JobCenters** für besonders unqualifizierte Arbeitslose mit Vermittlungshemmnissen.

Hartz IV – Siehe → **Arbeitslosengeld II**

Hartz-Konzept – Im Jahr 2002 von → **Peter Hartz** ausgedachtes Maßnahmenpaket mit dem vorgeblichen Ziel, die Arbeitslosenzahlen zu senken. Eigentlicher Zweck war die Versorgung von → **Arbeitgebern** mit billigen Arbeitskräften. Die Abschaffung der Hartz-Gesetze kann nur durch eine → **Revolution** erfolgen.

Hartz, Peter – Böser Mensch

Ich-AG – Bezeichnung für ein von einem Arbeitslosen gegründetes Einzelunternehmen, für das der Arbeitslose einen Existenzgründungszuschuss vom → **JobCenter** erhält. Unwort des Jahres 2002.

JobCenter – Extrem coole, mit dem → **Hartz-Konzept** eingeführte Bezeichnung für das → **Arbeitsamt.**

Kapitalistenschwein – Siehe → **Arbeitgeber**

Lohndumping – Seit Einführung der Hartz-Gesetze immer beliebter werdende Praxis von → **Arbeitgebern**, Löhne unter Tarif oder ortsüblichem Niveau zu zahlen. Dass es trotzdem genügend → **Arbeitnehmer** gibt, die sich darauf einlassen, dafür sorgen die → **JobCenter** mit ihren Androhungen von → **Sanktionen.**

PAP (Persönlicher Ansprechpartner) – Neue Bezeichnung für die Sachbearbeiter / innen beim → **JobCenter.**

Pflichtverletzung – Verstoß gegen eine in der Eingliederungsvereinbarung festgehaltene Pflicht des → **Hartz-IV**-Empfängers, der mit einer → **Sanktion** geahndet wird.

Revolution – Vom Volk ausgehende nötige Maßnahme, um das Hartz-System abzuschaffen.

Sachbearbeiter / in – Völlig veraltete, extrem uncoole Bezeichnung für den → **PAP**.

Sanktion – Bestrafung der → **Hartz-IV**-Empfänger bei → **Pflichtverletzungen** durch eine Kürzung der Regelleistung. Die Androhung von Sanktionen ist das wichtigste Instrument der → **JobCenter**, um ihre Kunden zu schikanieren und ihnen Angst zu machen. Die Folge ist ein riesiger Niedriglohnsektor auf dem Arbeitsmarkt.

Sarrazin-Speiseplan – Vom SPD-Politiker und damaligen Finanzsenator Thilo Sarrazin ausgearbeiteter Speiseplan, der belegen sollte, dass das → **Arbeitslosengeld II** vollkommen ausreicht, um sich gesund zu ernähren.

Vermittlungsgutschein – Wird dem → **Hartz-IV**-Empfänger vom → **PAP** gewährt, damit dieser die Dienste einer privaten Arbeitsvermittlung in Anspruch nehmen kann.

Vollbeschäftigung – Zustand, in dem es mehr offene Stellen als Arbeitslose gibt, jeder Arbeitswillige also Arbeit haben kann. Wird gern von Politikern als Schlagwort benutzt. In der Realität stehen wenigen offenen Stellen viele Arbeitslose gegenüber.

Weiterbildungsmaßnahme – Wird vom → **PAP** verordnet, um die Vermittlungschancen für den → **Hartz-IV**-Empfänger zu erhöhen. Dient aber in der Realität vor allem der Bereicherung der Weiterbildungsfirmen.

Zweiter Arbeitsmarkt – Bezeichnet staatlich subventionierte Tätigkeiten wie die → **ABM**. Tiefpunkt für jeden Arbeitnehmer, aber immer noch tausendmal besser als die → **Arbeitslosigkeit**.